¿BALAS, MIEDOS Y MENTIRAS?

YO SÍ, MI FAMILIA NO

Felipe Arenas Castillo

dizzyemupublishing.com

DIZZY EMU PUBLISHING

1714 N McCadden Place, Hollywood, Los Angeles 90028

dizzyemupublishing.com

¿Balas, Miedos Y Mentiras? Yo Sí, Mi familia No
Felipe Arenas Castillo

First published in the United States
in 2022 by Dizzy Emu Publishing

1 3 5 7 9 10 8 6 4 2

dizzyemupublishing.com

¿BALAS, MIEDOS Y MENTIRAS?

YO SÍ, MI FAMILIA NO

Felipe Arenas Castillo

<u>¿BALAS, MIEDOS Y MENTIRAS? YO SÍ, MI FAMILIA NO</u>

Felipe Arenas Castillo

teléfono: +34 607928560

1. INT. HOSPITAL - DÍA

Margaret, 36 años, cierra la puerta, está llorando, mira a su alrededor la habitación del hospital en la que se encuentra.

Margaret comienza a recordar, se sienta en la cama.

Saca una caja de cigarros nueva de su bolsillo.

MARGARET
Lo eché a perder todo, dónde tenía la cabeza.

Se pone un cigarro sin encender en la boca, se deja caer en la cama derrotada y apaga la luz quedando todo en penumbras, se quita el cigarro de la boca como si estuviera fumando y suelta una supuesta bocanada de humo.

CORTE A

2. INT. CASA DE LA BANDA - NOCHE

La bocanada de humo se dispersa a subjetiva en una habitación enrarecida por humo de marihuana.

En en un sofá están sentados una mujer embarazada de 8 meses y medio con dos hombres a su lado, encima de la mesa hay armas de fuego y restos de cocaína, los tres tontean acariciándose entre ellos, unos de los hombres muestra un fajo de billetes contento.

La subjetiva sigue caminando, ve a un hombre saliendo del baño sacudiéndose la nariz después de esnifar, este mira a la subjetiva y lo saluda.

Sigue caminando, mira a la derecha y ve a una mujer al lado de un mueble totalmente borracha, el hombre que salió del baño se le acerca con intenciones sexuales.

Sigue caminando y se lleva un cigarro de marihuana a la boca, se le ven las manos maquilladas, pulseras, anillos.

La subjetiva camina hacia el sofá y la mujer embarazada la hace señas que vaya hacia ella, se le acerca y la mujer con una sonrisa cómplice le señala la barriga, la subjetiva baja la cabeza para besar la barriga.

Uno de los hombres que estaba acariciando a la embarazada se pone de pie y va hacia la subjetiva haciendo movimientos eróticos con la cintura pero cae desplomado encima de la barriga de la mujer embarazada, esta comienza a lamentarse por el golpe recibido y cuando le quitan al hombre de encima, está muerto con un disparo en la espalda.

Empieza a verse los objetos del fondo saltar por los impactos de bala, al mirar a su alrededor ve como la mujer que estaba borracha cae muerta, el hombre que salía del baño está disparando por la ventana.

La subjetiva se tira en el suelo, mira a su alrededor y ve muerto al hombre que esta al lado de la mujer embarazada que se queja de dolores en el vientre.

La subjetiva coge un arma de encima de la mesa, rompen la puerta y entran dos asaltantes, la subjetiva los mata antes que puedan disparar.

La subjetiva arrastrándose va hacia la puerta y pone una silla detrás para bloquearla.

Ve que la mujer ha roto aguas y va hacia la embarazada.

El hombre que está en la ventana aún dispara.

La subjetiva coge las armas de los dos hombres muertos y las lanza por el suelo hacia el hombre de la ventana, mira para la embarazada y esta le pide que la ayude con el parto.

La subjetiva agarra por los pies a la mujer embarazada y la arrastra hasta el baño, cuando llegan la embarazada queda con una parte superior del cuerpo a la altura de la puerta del baño, la subjetiva queda dentro del baño sin visión para el salón, pone su arma inconscientemente a la altura de la mano de la embarazada.

La subjetiva coge una de las toallas que esta en el baño y se la pone por debajo de la cintura a la embarazada, le levanta el vestido, coge una cuchilla de afeitar y la lava, comienza a ayudar a la mujer a parir, concentrándose en el bebé y olvidándose de los disparos de afuera.

Dos asaltantes entran por una ventana, uno de ellos es Karl más joven, el hombre que está disparando por la ventana, mata al otro asaltante.

Karl intenta buscar refugio, cuando pasa por delante del baño.

La embarazada está terminando de parir, mira hacia la otra habitación, coge el arma y dispara hacia Karl y suelta el arma.

Karl al sentir que le disparan desde el baño se resguarda detrás de un mueble le dispara a la embarazada y la hiere.

En ese momento nace el bebé, la subjetiva corta el cordón con la cuchilla de afeitar y se da cuenta que el bebé no llora, lo estremece.

Karl ve a la subjetiva intentando reanimar al bebé, levanta su arma pero un disparo del otro hombre le pasa por al lado de la cabeza y da en el mueble en el que está parapetado.

La subjetiva reacciona ante este disparo, con el bebé en una mano, con la otra coge su arma y la levanta para dispararle a Karl.

Karl salta por el suelo.

El otro hombre le dispara, se escucha en tercer plano la sirena de la policía.

La subjetiva suelta la pistola e insiste en reanimar al bebé dejando su arma al alcance de la mano de la embarazada.

La embarazada coge la pistola con dificultad hace un mal disparo hacia Karl que le asusta.

Con ese disparo el niño empieza a llorar, la subjetiva se da cuenta de que el niño por fin llora.

Karl escucha más cerca las sirenas de la policía y al escuchar los disparos desde ambas partes, corre hacia la ventana, desde ahí le dispara al otro hombre matándolo y salta por la ventana.

La subjetiva coge una toalla que le queda limpia y envuelve al niño lo acerca a la moribunda, esta dibuja una sonrisa, le aprieta la mano fuerte.

MORIBUNDA
Cuídalo, si te matan, que sea peleando por él.

La mujer muere, la subjetiva le baja el vestido y escucha que alguien se acerca, se introduce en la bañera con el niño, se tumba y corre las cortinas, se da cuenta que tiene una herida en un costado, en una mano tiene al niño y en la otra una pistola, en ese momento ve a través de la cortina una silueta.

POLICÍA (V.O.)
Llama a la ambulancia, aquí hay otra persona muerta.

En ese momento se da cuenta que es la policía y se levanta de la bañera corriendo la cortina.

El policía le apunta con la pistola.

La subjetiva suelta la pistola y le ofrece el bebé al policía, al verla con el niño en brazos va a socorrerla.

La subjetiva camina hacia el policía y cuando está cerca se desploma.

CORTE A

3. INT. CASA DE MARGARET. HABITACIÓN. - DÍA

La habitación en penumbras por estar cerrada, Margaret se despierta sobresaltada y asustada, mira y toca a su lado y nota la cama vacía, busca en la penumbra desorientada.

Enciende la luz, mira a su alrededor, se ubica que está en su casa y se calma, mira el reloj que está a su lado, se sobresalta al ver la hora y se levanta.

CORTE A

4. INT. COMISARÍA. PASILLO - DÍA

Samantha de 34 años, camina hacia la oficina de su jefe el Comisario González de 62 años, se cruza con otro policía, Marcos de 44 años que se le queda mirando sin ella darse cuenta e intentando pasar desapercibido ocultando su rostro.

5. INT. COMISARÍA. OFICINA - MOMENTOS DESPUÉS

En la oficina está sentado el Comisario González jefe de la comisaría, siempre habla mal humorado y gruñón, enfatiza las sílabas al hablar, mira todo el tiempo a través de los cristales para anticipar la llegada de Samantha, parece un niño asustado que lo quieren sorprender en el juego de los escondidos, sentado frente a él se encuentra Enrique de 56 años su ayudante siempre haciendo la pelota.

COMISARIO GONZÁLEZ
Escucha bien, Enrique, te había adelantado algo, tengo citada a la chica nueva a cargo de los testigos protegidos, tu trabajo es...

Enrique lo interrumpe.

ENRIQUE
Mantenerla vigilada y controlada.

COMISARIO GONZÁLEZ
Muuuy bien, ya sabes que estamos en elecciones y nos la estamos jugando porque nos van mal las encuestas, ella en este tipo de trabajo no tiene experiencia, por eso nos la han enviado para...

ENRIQUE
Tener nosotros el mando de la investigación que se viene porque es bastante gorda y sirve para anotarnos puntos, tenemos que ser los héroes de...

El Comisario González ve que Samantha se acerca por el pasillo.

COMISARIO GONZÁLEZ
Calla que viene.

Samantha toca la puerta y entra.

SAMANTHA
Permiso.

COMISARIO GONZÁLEZ
Toma asiento, Enrique mi ayudante, será tu enlace conmigo.

ENRIQUE
Mucho gusto, seguro que nos irá muy bien.

COMISARIO GONZÁLEZ
Es muy temprano así que voy directo al grano. En una investigación, de la cual no tienes conocimiento, hay indicios de una posible filtración de información para un grupo mafioso en el que se involucra a Margaret, tu testigo protegida, es necesario corroborar esa información... y parece que tu sospecha inicial pudiera ser cierta.

SAMANTHA
Qué sospecha, esa sobre la desaparición de mi antecesor.

ENRIQUE
Me permite Comisario.
(a Samantha)
Sí, pero lo importante es la investigación global, por eso a través de mí, tendrás toda la ayuda del departamento.

SAMANTHA
¿Hay una investigación sin mí? qué pinto yo en todo esto.

COMISARIO GONZÁLEZ
Eres el enlace de tu departamento en esta operación.

ENRIQUE
Estamos priorizando la seguridad de la familia, ya sabes los ciudadanos primero.

COMISARIO GONZÁLEZ
En esta investigación internacional el mando superior ha pensado en un plan para acabar con esa organización.

ENRIQUE
Vamos, que sí el interés de los mafiosos incluye a Margaret, se unirán las dos investigaciones.

Samantha agudiza la mirada.

COMISARIO GONZÁLEZ
Pensamos llegar a esa banda o lo que sea y destruirla... y para eso haremos uso de Margaret.

SAMANTHA
¿Qué la usaremos como un conejillo de indias?

COMISARIO GONZÁLEZ
(con total frialdad)
No, como cebo. ¿Eres agente o ángel de la guarda?

SAMANTHA
Esa mujer cumplió su parte para reconstruir su vida.

COMISARIO GONZÁLEZ
No es culpa nuestra el rumbo que tomó su vida por lo que hizo y fue, tenemos una oportunidad por un bien mayor.

SAMANTHA
Parece como si estuviera decidido.

COMISARIO GONZÁLEZ
No lo parece, es así.

SAMANTHA
Pienso que se debe priorizar la protección de esa familia.

COMISARIO GONZÁLEZ
Deja de jugar a las OENEGES, nadie esta hablando de tirarla a los leones, ni ponerla en el medio de la calle para que la maten, es una operación policial... ¿piensas qué ella corre peligro?
(MÁS)

COMISARIO GONZÁLEZ (CONT.)
, también todas las personas a los que esos degenerados hacen daño y a las que ella hizo en su pasado, también están en peligro todos tus compañeros que todos los días se la juegan con gente como esa o peor.

SAMANTHA
(irónica)
¿Por qué es nuestro trabajo?

COMISARIO GONZÁLEZ
Lo que ella tenga que saber, lo va a saber en su momento así que ahora lo primero es buscar lo de la filtración y por supuesto alertarla, creo que esa gente nos llevan pasos por delante.

Se despiden.

CORTE A

6. INT. CASA DE MARGARET. BAÑO - DÍA

Margaret se está duchando, habla enfatizando palabras técnicas, llega Carlos de 36 años, vestido para el trabajo, coge la toalla y la ayuda a secarse acariciándola, ella está de espaldas.

CARLOS
¿Has dormido bien?

MARGARET
Lo de siempre, llegaras tarde.

Carlos se pega a ella, le besa el cuello y le acaricia con la toalla el pecho, ella se va relajando.

CARLOS
Cambiaré... mi primera tarea del día.

MARGARET
Tienes que dar ejemplo.

CARLOS
Soy jefe, les enseñare como experimentar ser feliz... poniendo a tu mujer en ebullición.

Margaret se gira y se coloca de frente a Carlos y empieza a acariciarlo.

MARGARET
Entonces a prender el mechero y ver como es ese control de calidad.

CARLOS
Calidad máxima, limpio, lubricado y siempre reactivado.

MARGARET
Pero sobre todo déjalo muy contento con ganas de más revisión.

Empiezan a besarse y Margaret a desabotonar la camisa, cuando escuchan que tocan a la puerta.

MATÍAS (V.O.)
Se hace tarde.

Ambos se miran resignados.

MARGARET
Me has vuelto adicta, está noche toca revisión de cuerpo entero a fuego lento y por todas partes.

CARLOS
Vas a sufrir una insolación y no precisamente por un tubo de rayos uva.

Se besan con pasión.

CORTE A

7. INT. CASA DE MARGARET. COMEDOR - MOMENTOS DESPUÉS.

Matías de 8 años, está en la cocina preparando los ingredientes para hacer el desayuno.

Margaret y Carlos entran en la cocina muy melosos.

MARGARET
Te ayudamos, cómo siempre.

Matías asiente y se coloca al lado de la alacena, Margaret al lado de la cocina y Carlos se coloca al lado de la mesa para disfrutar del espectáculo.

Matías saca las cosas de la alacena y se las lanza a Margaret como si fuera un espectáculo de circo.

MARGARET (CONT'D)
La harina... sal..., azúcar... ahora la espumadera... un tenedor... bol...

Matías corre hacia la nevera y la abre.

MARGARET (CONT'D)
Los huevos... la leche... el queso, muy bien, ahora ustedes terminen de poner la mesa.

Margaret prepara las tortitas y Matías intenta hacer lo mismo con Carlos al poner la mesa, le va lanzando los cubiertos.

MATÍAS
Cuchillos... tenedores... platos...

Carlos se hace un lío, es torpe, todo está a punto de caer de sus manos, se agacha para coger un plato que se le va a caer y sin querer hala el mantel y parte de los cubiertos se caen al suelo, todos se empiezan a reír.

MATÍAS (CONT'D)
Papá que patoso eres.

Carlos se sorprende al escuchar la palabra papá, mira a Margaret y con movimientos de los labios muy contento le dice que Matías le ha dicho papá, sonríen cómplices.

Margaret va a enjuagar un vaso, el chorro de agua le salpica mojándole la ropa que lleva que se le pega al cuerpo y se le marcan las tetas.

En cuanto Carlos la ve así se le encandilan los ojos, Matías protesta.

MATÍAS (CONT'D)
Ayúdame a recoger que mamá nos gana, todo por unas tetas.

MARGARET
Voy a cambiarme, desayunen que se les hace tarde.

Margaret sale de la cocina.

Carlos acerca su silla a la de Matías y le habla en voz baja buscando complicidad entre los dos.

CARLOS
Qué es lo que pasa en el cole que no quieres ir.

Matías no quiere levantar la vista.

CARLOS (CONT'D)
Eh, no pasa nada por hablarlo, mientras más rápido se conoce el virus, antes eres inmune.

MATÍAS
Vale, pero no se lo digas a mamá, hay unos chicos en el cole que últimamente me... molestan mucho.

CARLOS
Te pegan o hacen algún tipo de daño.

MATÍAS
No, es que no me dejan jugar tranquilo.

CARLOS
Te han dicho por qué lo hacen o que quieren.

MATÍAS
Dicen que quieren saber cosas de cuando mamá era joven porque está muy buena.

CARLOS
Ah, voy a buscar una solución, pero te prometo que cualquiera que sea, primero la hablo contigo y tú me prometes que cualquier cosa nueva que ocurra me lo dices, de acuerdo... pero en algún momento tu madre la va saber.

Matías asiente.

CARLOS (CONT'D)
Yo también tuve problemas de ese tipo.

MATÍAS
Y cómo lo arreglaste.

CARLOS
Ya te contaré algún día.

Ambos se levantan de la mesa, a Matías se le olvida una carpeta que está en el extremo de la mesa.

CORTE.

8. INT. CASA DE LA MAFIA - DÍA

En una habitación están reunidos Jhon, 59 años el jefe de la mafia, mal humorado y déspota, juega con dos botes pequeños que están encima de su escritorio, detrás están dos guardaespaldas, frente a él se encuentra Karl de 52 años, que está tenso por las noticias que le tiene que dar al jefe.

JHON
Espero que me tengas buenas noticias.

KARL
Hemos avanzado algo pero todavía no hay nada seguro.

JHON
Eres el único superviviente de los que intentaron recuperar aquel dinero, alguien tiene que pagar, así que si no quieres ser tú, dame resultados.

Karl está visiblemente asustado.

KARL
Sabemos que esa puta de mujer es una testigo protegido, con otras personas hemos fallado, pero esta tal Margaret puede ser quien buscamos.

JHON
Tú viste a esa persona, ¿puedes reconocerla,

KARL
Difícil, pero ese día nació un niño y quien lo tenga debe tener alguna pista.

Jhon le muestra los dos botes pequeños, dentro de cada bote hay un dedo.

JHON
Ves este dedo grande, es de ese policía que no quiso colaborar con nosotros y el dedo pequeño de su hijo antes de morir, ¿a qué es un trágico accidente?, si prefieres busco un recipiente más grande para meter tu cabeza, dímelo y no perdemos tiempo, ¿entiendes?

KARL
La estamos acosando para llevarla a cometer un fallo que nos dé la oportunidad de pillarle, si antes llega la confirmación de la policía, vamos a lo seguro, le tengo preparada una sorpresa.

JOHN
Lo importante es ser eficaces, dicen que el tiempo es dinero y vosotros me estáis robando tiempo, y ya saben como me pongo cuando me roban, quiero soluciones ya.

Jhon les muestra los botes con los dedos.

CORTE A

9. INT. CAFETERÍA - DÍA

Margaret está sentada en una cafetería en ese momento llega Samantha.

SAMANTHA
Hola.

MARGARET
Hola, ¿para qué me citas?

SAMANTHA
Tengo que darle una noticia.

Margaret se pone en alerta.

MARGARET
¿Cuál?

SAMANTHA
Hay sospechas... que alrededor de usted, haya una posible filtración de información.

Margaret se tensa.

MARGARET
Por favor, puede ser un poco más clara.

SAMANTHA
Por una investigación ajena a nosotros, se cree que alguien está interesado en información de nuestro departamento, le estoy avisando.

Margaret se sorprende de manera contenida.

MARGARET
Es sobre vuestro departamento o sobre mí.

SAMANTHA
Tranquila por favor.

MARGARET:
¿Tranquila?, quiere que chasquee los dedos y me vuelva amnésica, viene y me dice que es posible, que toda mi vida se venga abajo... no me mire así, leyó mi expediente.

Samantha asiente.

MARGARET
... mi familia no sabe nada, en caso que me descubran, cómo van a reaccionar cuando sepan mi pasado, además correrían peligro.

SAMANTHA
Le he dicho que es sólo una sospecha...

A Samantha le cuesta un poco decir las siguientes palabras.

SAMANTHA (CONT'D)
... y bastante lejana.

MARGARET
¿Y cómo.... usted cree que puedo vivir con una sospecha así?, se puede fastidiar lo mejor que logrado en mi vida, sabe cuánta gente puede decir que es feliz de verdad, yo lo puedo decir...

A Margaret se le ponen los ojos vidriosos.

MARGARET (CONT'D)
(irónica)
¿Empiezo a tomar ansiolíticos o antidepresivos?

Margaret no sabe que decir, le hace señas al camarero.

MARGARET (CONT'D)
Por favor tráigame un whisky.

SAMANTHA
¿Puedo hablar?

Margaret asiente.

SAMANTHA (CONT'D)
Como le dije es sólo una sospecha, no es seguro que tenga que ver con usted, si fuera seguro, ya hubiéramos tomado medidas concretas... esto es una alerta, si nota algo llámeme, ya sea en ese hospital siquiátrico que trabaja o en cualquier lugar.

MARGARET
Por favor, soy siquiatra, si me avisan por algo es, sus gestos ocultan algo.

Samantha se aguanta para no decir algo inapropiado.

SAMANTHA
De verdad que hago todo lo que está en mis manos por su seguridad y la de su familia, de eso no dude...

MARGARET
¿Desde cuando son estás... sospechas?

SAMANTHA
Yo me enteré hoy a primera hora, pero la investigación lleva un tiempo, no me dieron fechas exactas.

En ese momento el camarero le pone el whisky a Margaret, lo bebe y respira profundo reflexionando, Margaret habla con los ojos cerrados y agarrando el vaso como si estuviera rezando.

MARGARET
Por casualidad, agente Ramírez, lo que usted me quiere decir, es que hay posibilidad de que todo sea solo un gran susto.

SAMANTHA
Sí.

MARGARET
Entonces, nadie sabe mi verdadera identidad.

SAMANTHA
Hasta ahora, que sepamos, parece que no.

MARGARET
Dejaré la paranoia para más adelante, le pido que me avise cuando hayan decidido algo, quiero disfrutar de mi familia el máximo tiempo posible, voy aguantar todo lo que pueda, aunque es un riesgo.

Se dan la mano y se ponen de pie para marcharse.

MARGARET (CONT'D)
Gracias, me voy.

Carlos desde la acera de enfrente ve como se despiden y Margaret se marcha de la cafetería.

Samantha está terminando su café y dejado el dinero para marcharse, se pone de pie y en el momento que se da la vuelta para marcharse ve a Carlos de pie enfrente de ella, ambos se quedan mirando, Samantha intenta fingir que no lo conoce.

SAMANTHA
Desea algo.

CARLOS
Hace un momento lo vi hablando con mi mujer y deseo hablar con usted.

SAMANTHA
Bien Carlos, hablemos.

Carlos se queda asombrado que sepa su nombre.

CORTE.

10. EXT. ESCUELA. PATIO - DÍA

Matías está en el recreo apartado esquivando a los demás niños, sin darse cuenta un mano lo hala y tres niños de 10 años, lo rodean, Roberto le habla con tono amenazador.

ROBERTO
Tienes lo que te pedimos.

MATÍAS
Pensaba que estaban jugando, ¿lo decían en serio?

Roberto le da un coscorrón y después un puñetazo en el estomago, Matías se queda adolorido.

ROBERTO
Te parece esto un juego o en serio.

MATÍAS
No sé de donde sacar información de mi mamá, ella no me enseña nada.

ROBERTO
Róbale sus cosas, que se yo.

MATÍAS
Yo no robo, allá tú si eres ladrón de tu casa.

Roberto lo amenaza con el puño pero Matías se echa para atrás acercándose a otro de los chicos que le da un puñetazo por la espalda, Matías se queja, el tercero le da por la cara y Roberto le advierte.

ROBERTO
Qué haces imbécil, por la cara no que deja marcas.

Roberto le mira la cara a Matías.

NIÑO 1
Lo siento.

ROBERTO
No tienes nada, si sale marca, fue jugando haciendo el bruto.

NIÑO 2
Dirán algo.

ROBERTO
No te preocupes, esto es una escuela privada, lo tapan todo.

CORTE A

11. EXT. PARQUE - ATARDECER

Por el parque van Margaret más joven con el pelo teñido de rojo y Matías más pequeño en una bicicleta. Margaret es una mujer muy sexy, siempre está sonriendo y desprende mucha alegría y energía.

Margaret se mueve haciendo ejercicios muy activa animando a Matías y mirando de reojo para donde está Carlos, mueve mucho las caderas, exagera la amplitud de los ejercicios para hacerse notar, trota y mueve las piernas mostrando flexibilidad, hace estiramientos doblando el tronco hacia delante de espaldas a Carlos, cuando está doblada mira por entre las piernas lo que hace Carlos.

Más adelante está sentado Carlos, más joven, claramente un hombre muy tímido, mirando todo el tiempo a Margaret.

Un señor mayor que tiene unos dulces en la mano se acerca a ellos, se come a Margaret con la vista pero con respeto.

SEÑOR
Hola guapa, aquí estirando las piernas porque otra cosa no puedo.

Matías mira al señor con recelo.

MARGARET
Qué pena porque conmigo todo se puede.

El señor le da un dulce a Matías, éste lo coge.

MATÍAS
Gracias.

Matías va a seguir y Margaret señalando con disimulo hacia Carlos.

MARGARET
Juega por ahí mi amor para poder verte bien.

Matías se enfada al ver como Carlos mira a su madre y le lanza el dulce a la cara, Carlos se alegra por lo sucedido, Margaret corre hacia él.

MARGARET (CONT'D)
Matías, eso no se hace, disculpe, tiene fobia a que me miren, pero no muerde.

Carlos sonríe y se pone a saborear los restos de dulce que tiene en la cara chupándose los dedos.

CARLOS
(señala a Matías)
Ellos son como los... eehh experimentos, no se sabe el resultado final, está bueno esto, gracias.

MARGARET
Matías, ven aquí...

El niño se acerca, Margaret queda de espaldas a Carlos, cuando se inclina para hablarle al niño Carlos se queda perplejo con la figura del cuerpo de Margaret.

MARGARET (CONT'D)
Qué haces, ¿tienes síndrome confusional?

Matías pone cara que no entiende lo que dice la madre, al ver que Carlos mira Margaret va contra él con la bicicleta.

Carlos intenta esquivarla.

Margaret agarra a Matías, el niño casi se cae.

Carlos intenta ayudar para que no caiga.

Margaret avergonzada antes de irse le pasa la mano por la cara para quitarle un pedazo de dulce que tiene, Carlos gira la cara para que ella no ve al moratón que tiene.

Margaret se le queda mirando.

Matías al estar mirando celoso se cae a la espalda de Margaret que no lo ve.

Carlos llega corriendo a donde está Matías y le ayuda a levantarse, detrás llega Margaret.

MARGARET (CONT'D)
¿Estás bien Matías?

Cuando Matías se gira y ve a Carlos comienza a esquivar sus brazos, este lo levanta en el aire y lo lanza hacia arriba y lo coge de nuevo en el aire.

Margaret se sorprende, el niño se queda mirando a Carlos.

MATÍAS
Otra vez.

Carlos se lo repite, Margaret tiene mirada sensual.

MARGARET
¿Qué haces?, catectizar.

CARLOS
No voy a catequesis.

MARGARET
No es eso.

CARLOS
Tampoco soy un cateto.

Margaret se señala el cuerpo con sutil sensualidad.

MARGARET
Noooo, si proyectas energía síquica sobre algún cuerpo, ¿Qué si pretendes ligar?

Carlos asiente con timidez y pone al niño en el suelo.

MARGARET (CONT'D)
No ha estado mal, Matías ve a jugar.

CARLOS
Era sólo un juego, me llamo Carlos Fernández trabajo en un laboratorio de análisis químicos, puedes investigar.

Se le queda mirando para que ella le diga su nombre.

MARGARET
Me llamo Margaret.

CARLOS
Está bien, Margaret Menéndez no hay problema...

Margaret se sorprende al ver que sabe su apellido.

CARLOS (CONT'D)
No te asustes, tengo un vecino que trabaja en la escuela del niño, soy tu... admirador e intentaba... intento acercarme.

MARGARET
Eso ya lo has logrado, ahora debes intentar no tener moretones.

Margaret le señala la parte de la cara que lleva todo el tiempo ocultando y se marcha, Carlos se toca el golpe.

CORTE A

12. EXT. PARQUE INFANTIL. - ATARDECER

En la actualidad, en un parque apartados del resto de niños está sentado Karl hablando con Roberto que está subido en un aparato, parecen unos amigos.

KARL
Lo estás pasando bien.

ROBERTO
Sí.

KARL
Lo puedes pasar mejor si haces lo que acordamos.

ROBERTO
Lo sé, estoy en eso, el chaval ese está a punto de traernos lo que queremos.

KARL
Me dijiste que eso estaría resuelto rápido, que eso para ti era pan comido y tu dinero espera.

Roberto le habla con tono de chulería y haciéndole una mueca de indiferencia.

ROBERTO
Bahh... las cosas no siempre salen bien, yo le pego algunas hostias pero no soy mago.

Karl se molesta por la actitud de Roberto.

KARL
Y eso a mí qué, quién te piensas que soy yo...

Roberto lo interrumpe.

ROBERTO
... dice mi madre que hay que saber tener paciencia, así que relájate.

Karl se levanta mirando fijamente a Roberto y acercándose al aparato en el que está subido.

Roberto empieza a asustarse.

Karl llega a donde está él, se mueve la chaqueta que tiene y le enseña con discreción la pistola que lleva y le agarra una de las manos con las que se está agarrando del aparato apretándola para que sienta el dolor, empujándolo quedando Roberto suspendido en el aire, le habla con el tono que su jefe lo amenazaba a él.

KARL
A mi que me importa la paciencia de tu madre, es a mí al que se le está acabando la puta paciencia.

ROBERTO
Es sólo una forma de hablar.

KARL
Pues aprende a hablar con respeto.

Karl lo agarra por un pie y le suelta de pronto las manos quedando Roberto suspendido cabeza abajo con los pies apoyados en la barra del aparato.

A Roberto se le nota el miedo que tiene.

ROBERTO
Me puedo caer y buscarte un problema.

KARL
Habla bajo, te atreves a amenazarme, te puedo dejar caer y romperte el cuello o esa cabeza de imbécil que tienes, llamar a una ambulancia y decir que te has caído jugando.

Karl hace como que lo va a soltar.

ROBERTO
No no no, si lo que quiero es que todo salga bien.

KARL
Más te vale, mis palabras son tan fuertes como yo, para que se haga lo que yo diga o quieres que corra tu sangre, porque puede ser que un día esa mamá tuya que te da tan buenos consejos tenga un accidente o si lo prefieres que lo tenga tu hermano, así no tienes que compartir nada, qué te parece.

ROBERTO
Lo entendí todo perfecto, le conseguiré lo que quiere.

KARL
Me alegra que nos entendamos.

Karl le está poniendo la mano cerca del aparato para que se agarre, cuando la tiene cerca la suelta y Roberto tiene que agarrarse rápido para no caer llevándose un gran susto.

Karl se marcha y Roberto se queda muy asustado aferrándose al aparato.

CORTE A

13. INT. CASA DE MARGARET. ENTRADA - ATARDECER

Carlos llega del trabajo, intenta entrar pero se da cuenta que la cerradura es nueva.

Toca el timbre de la puerta, Matías le abre.

Carlos se queda sorprendido porque Matías escucha música rap muy alto y está comiendo de una bolsa de chucherías.

Matías va hacia él para darle un beso.

MATÍAS
Hola papá.

Carlos lo mira sorprendido y observa todo a su alrededor.

CARLOS
Baja la música, ¿y tu madre?

MATÍAS
Por el trastero.

Carlos deja su maletín encima de una silla y camina para dentro de la casa.

CORTE A

14. INT. CASA DE MARGARET. TRASTERO - MOMENTOS DESPUÉS

Carlos llega al trastero, ve a Margaret vestida con unos shorts cortos y una camiseta corta inclinada de espalda sobre una caja, lleva en su boca un cigarro apagado, hace como si fumara, Carlos se queda anonadado al ver al figura y el culo de Margaret.

Margaret se asusta al sentir su presencia y esconde algo en la caja, disimula el nerviosismo, la sonrisa es falsa, se le cae el cigarro y lo recoge.

MARGARET
Uy, cómo has llegado, por tele transportación.

Margaret se incorpora, la camiseta medio transparente se le ajusta al cuerpo.

CARLOS
Mmm, qué escondes ahí.

MARGARET
Has olvidado lo que llevo debajo de la ropa.

CARLOS
No me líes, escondías algo en la caja.

Margaret camina hacia él y le muestra la caja.

MARGARET
Son sólo cosas viejas, debes mirar las más jóvenes, tienes ahora alguna manía persecutoria.

Le deja la caja y camina hacia el interior de la casa rozando las tetas con el brazo de Carlos.

Carlos deja la caja y resopla, aprovechando que está de espaldas.

CARLOS
Ehh, tenemos que hablar serio.

Margaret habla de espaldas y sin dejar de caminar.

MARGARET
¿sí?

CARLOS
Esto... llevas unos días raros.

A Margaret se le cambia la cara sin dejar de caminar, intenta hablar con tono de despreocupación.

MARGARET
No sabía que ahora tengo cosas raras, seré bipolar.

CARLOS
Has permitido que Matías coma lo que le de la gana, todo este ruido, cerraduras nuevas, ventanas reforzadas.

MARGARET
¿Eso?, tengo que darle un respiro de vez en cuando, no tengo que ser siempre la mala, y lo otro, la delincuencia va en aumento.

Carlos la detiene por un hombro.

CARLOS
Pero... si este barrio es más aburrido que un laboratorio sin trabajo.

MARGARET
No hace falta llegar a la angustia para prevenir.

CARLOS
Sé que tendrás respuesta para todo lo que dices, pero te hago una pregunta.

Margaret lo mira con sorpresa, casi no pestañea.

CARLOS (CONT'D)
Si pasara algo o hubiera algún problema, me lo dirías.

Margaret da unos pasos hacia Carlos.

MARGARET
Por supuesto, no hay nada que nos lleve a una depresión.

CARLOS
Margaret... has perdido la sonrisa, solo usas el cigarro cuando estás muy nerviosa.

Margaret va a decir algo pero Carlos le pone un dedo en los labios.

CARLOS (CONT'D)
Tú me dijiste que el día que perdieras la sonrisa, es el día que había que preocuparse.

MARGARET
Estaré pasando por algún proceso de ansiedad, no le des importancia.

Carlos le habla con un tono imperativo.

CARLOS
Margaret.

Margaret se detiene.

CARLOS (CONT'D)
Mírame...

Margaret se gira y le mira a la cara.

CARLOS (CONT'D)
Estuve hablando con la policía, con Samantha.

La cara de Margaret se altera.

MARGARET
Te dedicas ahora a seguirme, qué soy, tu enemigo, qué infundados motivos tienes para ello, ¿padeces celotipia?

Carlos la mira con tranquilidad, aguantando con los labios apretados.

MARGARET (CONT'D)
... qué más has visto, con quién hablo, cómo voy al baño, oooo si hago pis de pie.

CARLOS
Yo no tengo celos... eso, no tengo celos de ningún tipo, ahora si veo que hay algo mal, que pienses que te he seguido es un poco paranoico.

MARGARET
Paranoica, cuándo acabas de decir que me vigilabas y y...

Margaret no sabe que más decir.

CARLOS
(resopla)
Termina todo lo que tengas que decir.

MARGARET
Tengo tantas cosas que decir que me quedo afásica... sin poder hablar.

CARLOS
A lo mejor es tu conciencia.

Margaret lo mira y da unos pasos hacia él, la respiración la va conteniendo, sabe que Carlos ha acertado.

CARLOS (CONT'D)
No tengo que perseguirte, quedaste en una cafetería frente a la escuela de Matías y da la casualidad que tuve que llevarle el trabajo de clase que se le había quedado en casa.

Margaret deja caer los hombros, se sabe sin razones.

MARGARET
Vale, todo aclarado, perdona.

Margaret da media vuelta para irse.

CARLOS
No, aquí no hay nada aclarado.

Margaret intenta rápidamente de terminar la conversación.

MARGARET
¿Ah no? ya has despejado mis dudas, está claro que me equivoque, te he pedido perdón.

CARLOS
No, esto empezó con mis preguntas, cuál es esa fórmula química que te mezcla con la policía.

Margaret no sabe como empezar a hablar, busca las palabras con dificultad.

MARGARET
Es de un caso del hospital.

CARLOS
No fue lo que me dieron a entender...

Margaret se queda con cara de susto sin apenas moverse.

CARLOS (CONT'D)
Hay un problema, según parece, muy serio, si hay algo más que decir me lo puedes decir tú.

MARGARET
A lo mejor entendiste mal, como está la investigación en curso no hay más que decir, soy la primera alucinada.

Carlos se le acerca y la coge por las manos.

CARLOS
Es la primera vez en todos estos años que noto que te tiemblan las manos.

Carlos se le acerca más quedando muy pegados, mirándola a los ojos con ternura acariciándole el pelo.

CARLOS (CONT'D)
Sé que quieres lo mejor para la familia, nunca te he preguntado nada de ti, y cuando hemos hablado siempre ha sido hasta donde has querido, no quiero presionarte.

MARGARET
Gracias...

Carlos le cierra los labios con la punta de sus dedos al mismo tiempo que se los acaricia sutilmente.

CARLOS
... pero debes tener en cuenta que lo que afecta a uno lo hace a toda la familia.

Se empiezan a acariciar.

MARGARET
Lo sé, ustedes por encima de todo.

Carlos la interrumpe con beso, ella le responde, Margaret coge una manos de Carlos y se la prieta contra una teta y después se la baja hacia la vagina.

Carlos le rompe la camiseta con violencia y tira a Margaret contra la pared, Margaret se le sube a horcajadas y empiezan a desnudarse sin Margaret soltarlo de la cintura.

CORTE A

15. INT. COMISARIA ARCHIVO - ATARDECER

Esta todo apagado; se ven los pasos de un hombre que avanza entre los estantes, se detiene y comienza a registrar los archivos, tiene una linterna, revisa las cajas, cuando llega a la letra M empieza buscar un expediente.

Se escucha el sonido de la puerta del archivo, el hombre apaga rápido la linterna y corre a ocultarse al final del pasillo.

Samantha está entrando en los archivos y enciende a luz.

El hombre lo mira desde su escondite.

Samantha mirando las clasificaciones de los estantes se dirige hacia el pasillo donde estaba revisando el intruso.

El hombre a través de los estantes se va acercando a Samantha, sin que esta se de cuenta.

Samantha se acerca a la caja que estaba revisando el intruso y comienza a sacar unos papeles, siente una presencia y reacciona, el intruso la golpea en el hombro, y logra derribarla, Samantha queda agachada en el suelo.

Cuando el intruso intenta ir contra ella, le da una patada y logra que se tambalee, intenta sacar su arma y el hombre al ver el movimiento de Samantha le golpea con una caja haciendo que se le caiga la pistola.

Samantha recibe el golpe de la caja en el brazo y siente un gran dolor, ve que le van a golpear de nuevo con la caja y arremete contra el intruso, golpeándolo con la cabeza en el abdomen, derribándolo.

El intruso ve que Samantha va a buscar su arma, le lanza la caja con papeles y sale corriendo hacia ella.

Samantha alcanza su arma y cuando va a agarrarla, la caja le golpea en la mano haciendo que se le caiga el arma, cuando va hacia el arma que se va a incorporar recibe un fuerte golpe en la espalda, dirige el arma hacia su agresor y este se la agarra y le da un fuerte golpe en el brazo, ella se queja del dolor.

Samantha da una patada en el tobillo del agresor que cae hacia ella, cuando está cayendo con el impulso de la caída pone el codo y le da en la cara sin ella poder reaccionar, Samantha queda grogui y le hombre le da más puñetazos hasta que queda inconsciente.

El intruso sale corriendo y al llegar a la puerta se encaja la gorra y camina.

CORTE A

16. EXT. PARQUE DE ATRACCIONES - DÍA

Dimitri está siguiendo a Margaret y familia con la mirada.

MATÍAS
¿Por qué estamos aquí hoy?

MARGARET
Papá y yo estuvimos pensando y vamos hacer una catarsis grupal reconciliadora anti estresante.

Matías la mira con cara de sorpresa, ya que él no se esperaba eso.

MATÍAS
No entiendo, pero si lo dices contenta por mí esta bien.

MARGARET
Pero hay un detalle.

MATÍAS
¿Cuál?

MARGARET
Que desde ahora no podemos ocultar nada ni decirnos mentiras.

En ese momento Matías va decir algo, pero Carlos lo interrumpe.

CARLOS
Incluida tu madre, pero si estás de acuerdo, vamos a darle un poco de tiempo, porque lo de ella es más... complicado, ¿vale?

MATÍAS
Vale.

Collage de imágenes de la familia comiendo helados, golosinas, juegos de diferentes tipos y subidos en distintas atracciones, sonrientes y alegres.

Cuando se bajan del aparato, a Carlos se le nota el alivio de estar en tierra.

MARGARET
Voy a comprar más bonos.

En ese momento Margaret entre el tumulto de personas, ve a unos hombres que supuestamente la están mirando, coge a Carlos y Matías, sin soltarles la mano, pero no se da cuenta de que su verdadero perseguidor está a sus espaldas.

CARLOS
¿Qué pasa?

MARGARET
(nerviosa)
Nada, que quiero ir al baño, creo que el aparato me ha puesto mal.

Mira a su alrededor como si estuviera buscando el baño, se esta cerciorando de que no la vigilan, cuando ve a los hombres saludando a sus parejas, mira a Carlos y Matías y se da cuenta que les tiene las manos apretadas.

MARGARET (CONT'D)
¿Para qué vais a venir conmigo? por qué no sacáis la comida que tenemos en el coche y nos vamos a comer a un lugar tranquilo.

Carlos mira alrededor del parque y señala un lugar un poco apartado.

CARLOS
Nos podemos ir para allá. Te esperamos allí.

MARGARET
Está bien, del baño voy para allá.

Margaret camina mirando para atrás, buscando escapar de la vista de Carlos y Matías, se aparta de la gente dando un rodeo para hacer una llamada, comienza a marcar para hacer la llamada, escucha una voz, se gira asustada.

DIMITRI
Tan guapa y tan sola.

MARGARET
No puedo decir lo mismo de ti, ah sí, estás solo pero de guapo nada, déjeme tranquila y sigue tu camino.

Dimitri le corta el paso parándose delante de ella.

DIMITRI
Las mujeres bonitas necesitan compañía.

MARGARET
Pero no malas compañías, no quiero tener que llamar a la policía.

Da un giro para irse y en ese momento el hombre la agarra y le pone una navaja en el cuello.

DIMITRI
Camina, las mujeres bonitas son para divertirse, tú eres muy bonita y nos vamos a divertir.

MARGARET
¿Qué quieres? ¿diversión?, no tienes qué ser violento.

DIMITRI
Esa es la mejor parte.

Margaret se hace la víctima inocente.

MARGARET
Qué quieres, tocarme, puedes hacerlo, no me voy a resistir.

Margaret le coge la mano contraria a la navaja y se la pone en una nalga cerca de la cadera.

MARGARET (CONT'D)
Ves que culo tengo, es todo tuyo si lo quieres.

Dimitri le aprieta el culo, ella se deja llevar.

DIMITRI
Esto está muy bien...

Dimitri le dice la siguiente frase en ruso.

DIMITRI (CONT'D)
... V more lzhi plavayut tol'ko dokhlyye ryby.

Margaret se asusta al escuchar esa frase, pero Dimitri no se da cuenta al tenerla de espaldas.

MARGARET
Mira las tetas que tengo, tócame el pezón...

Dimitri sorprendido con lo que está pasando se lo toca.

Margaret se baja la mano hacia la vagina.

MARGARET (CONT'D)
Tócame aquí abajo, hazme lo que quieras pero cuidado con la navaja no me vayas hacer daño, muévete un poco para acá para que no nos vean.

Margaret se mueve para detrás de un árbol que hay cerca, Dimitri voltea la cara para ver por donde caminar.

MARGARET (CONT'D)
Sois tan predicibles... os creéis que domináis siempre la situación.

Con mucha rapidez, Margaret agarra con fuerza el brazo del arma, le retuerce la mano para que la suelte pero no lo hace y comienza a darle patadas.

Dimitri le agarra un pie y le hace caer, se abalanza sobre ella, Margaret le da un patada en la mano de la navaja que se le cae y otra en la cara pero esta no le da de lleno, intenta ponerse de pie y Dimitri se abalanza otra vez.

Margaret está transformada por la ira, sus movimientos son de pelea callejera pero efectivos, esquiva los golpes con movimientos del cuerpo hacia los lados, en uno de los movimientos le golpea un ojo, en lo que Dimitri se lamenta le da una patada en los testículos cuando se dobla le da otra en la cara y sale corriendo.

Unos pies se detienen delante de Dimitri, es Karl.

KARL
Levántate idiota, te sobrepasaste pero ha estado bien, le hablaste en ruso como te dije.

DIMITRI
Sí.

KARL
Y que ha hecho cuando lo hiciste.

DIMITRI
Puede ser que se haya puesto nerviosa, pero con una navaja en el cuello a cualquiera le puede pasar.

KARL
Es curioso lo bien que sabe defenderse una simple siquíatra.

CORTE.

17. EXT. PARQUE DE ATRACCIONES - MOMENTOS DESPUÉS

Margaret llega al lugar acordado, saluda y se les une para preparar la comida, Carlos la mira y se sorprende.

CARLOS
¿Qué eh... te ha pasado, que estás tan tan...?

MARGARET
Me caí cuando venía para acá.

CARLOS
¿De dónde, de la noria?

MARGARET
Bajando una escalera y un hombre que intentaba ayudarme, me agarró por la ropa.

Carlos se le queda mirando fijamente a los ojos.

CARLOS
¿No sería mejor marcharnos?

MARGARET
No, para que vamos a estropearle el día a Matías, de todas maneras, la gente va a lo suyo, así que puedo aguantar.

Margaret se aparta un poco dándole la espalda a Matías y Carlos y marca en su teléfono, deja un mensaje.

MARGARET (CONT'D)
Soy Margaret, Samantha en cuanto puedas llámame, estoy dispuesta a hacer algo para acabar con esto.

CORTE

18. EXT. ESCUELA - DÍA

Apartados de los demás niños en el patio están; Matías asustado, Roberto y los amigos para que nadie los pueda ver, tienen a Matías rodeado y miran cada cierto tiempo hacia los lados vigilando a quien los pueda ver, Roberto lo mira y sonríe formando un puño.

ROBERTO
Tienes lo que te pedí.

Matías sólo lo mira con miedo.

ROBERTO (CONT'D)
Cualquier cosa que hable de tu mamá, me da igual una foto, las notas de la escuela, dame algo porque llevas días burlándote de mí.

Roberto hace gesto de pegarle y Matías se recoge para aguantar el golpe.

ROBERTO (CONT'D)
Qué pasa, tienes miedo, parece que no porque con el tiempo que has tenido parece que no te importa lo que te pase.

MATÍAS
Es que no encuentro nada.

ROBERTO
No me importa.

Uno de los niños que está detrás de Matías lo empuja y Matías se gira para mirarlo.

ROBERTO (CONT'D)
No le hagan nada.

En el momento que Matías está girando la cabeza para mirar a Roberto, este le hace seña al niño y este le pega fuerte a Matías por la oreja, Matías se dobla del dolor.

Roberto mira para los lados, al no ver a nadie cerca se acerca a Matías y le habla con rabia.

ROBERTO (CONT'D)
Tienes que traerme esas malditas cosas de tu mamá, porque no quiero tener problemas...

Roberto le pega en el estómago, Matías se dobla, Roberto lo agarra por el cuello y lo ayuda a incorporarse, cuando se está levantando el otro niño le da una patada a la altura de la rodilla.

ROBERTO (CONT'D)
Escucha bien mis palabras que son de un tipo duro como yo, no soy ningún pringao...

Sin dejar de mira para los lados Roberto lo empuja y Matías cae.

Intenta levantarse y y le da con el codo en la espalda, Matías se queja de mucho dolor, casi a punto de llorar pero aguanta.

ROBERTO (CONT'D)
... te puedo hacer sangre o probar un refresco del agua del vater, o las dos cosas, la próxima vez como no me traigas nada va a ser mucho peor.

Matías con ganas de llorar y aguantando los sollozos asiente mirándolo.

ROBERTO (CONT'D)
Y cuidado con lo que dices, ya sabes que siempre puede ser peor.

CORTE A

19. EXT. HOSPITAL SIQUIATRICO - DÍA

En los jardines unos enfermeros acompañan a un paciente muy corpulento hacia el interior del edificio, está forcejeando de manera leve, se revuelve un poco, no parece peligroso.

Desde su oficina Margaret está mirando por una ventana esperando a Carlos y Matías.

Carlos y Matías que en ese momento están bajando del coche, caminan para entrar en el hospital.

El paciente que va con los enfermeros, se les suelta derribándoles, corre hacia la puerta de salida del hospital.

Margaret mira hacia donde todas las personas dirigen la mirada y ve como el paciente va derribando a todo el que está en su camino haciéndoles daño.

Margaret mira hacia la salida y ve que en ese momento van entrando Carlos y Matías.

Los enfermeros se incorporan y salen corriendo detrás del paciente.

Margaret comienza a hacerles señas a Carlos y Matías, pero no pueden verla bien por el movimiento de las personas que hay entre ellos.

Margaret deja caer todo lo que tiene en la mano, se le transforma la cara por el miedo que siente al ver el peligro que corren Matías y Carlos y sale corriendo hacia donde están ellos.

El paciente que cada vez se acerca más a Carlos y Matías en lo que parece un choque evidente.

Margaret corriendo haciéndole señas a Matías y a Carlos.

Carlos y Matías no entienden las señas de Margaret, no se dan cuenta de lo que ocurre a su alrededor.

Margaret corriendo ha dejado de hacerles señas y corre frenética para interceptarlos antes que choquen.

El paciente está a punto de impactar con Carlos y el niño, Carlos se da cuenta y trata de proteger a Matías con su cuerpo en ese momento Margaret salta sobre el paciente y caen los dos al suelo.

Margaret y el paciente rodando por el suelo forcejeando.

Carlos protegiendo a Matías con su cuerpo lo aparta de toda la confusión.

Margaret está de encima del paciente tratando de agarrarlo para inmovilizarlo, pero este se revuelve con furia poniéndose de pie con Margaret junto con él sin soltarlo.

Carlos que ha dejado a Matías fuera del peligro va para ayudar a Margaret.

Margaret de pie forcejeando con él paciente furiosa.

El paciente la empuja y ella en una maniobra de habilidad lo proyecta por el aire cayendo ambos, ya en el piso empieza a inmovilizarlo.

Llegan los enfermeros encargados del paciente, los enfermeros se dirigen al paciente, lo agarran e inmovilizan.

Margaret y Carlos se miran asustados.

MARGARET
¿Estás bien Matías?

Carlos muestra a Matías que está protegido detrás de su cuerpo, el niño saca la cabeza asustado.

Margaret acaricia a Matías para quitarle el susto.

Carlos le pasa una mano por la cabeza a Matías y con la otra le acaricia la cara a Margaret.

CARLOS
El niño está bien, tú cómo estás,
esto parece un hospital de locos.

Carlos se da cuenta de lo que acaba de decir y en el lugar que está, los tres se miran y empiezan a reírse.

Margaret toma conciencia de su estado, se mira la ropa, hace gestos de arreglársela, se da cuenta de la cara de asombro con que la miran Carlos y Matías que poco a poco han dejado de reírse y la miran inmutables.

MARGARET
¿Por qué me miráis así?, estáis muy asustados o tenéis bradipsiquia, si se les ha puesto la mente lenta, ¡qué espabiléis!

CARLOS
Menos mal que nunca he tenido una pelea contigo.

Margaret, aún alterada habla con una indiferencia que deja pasmados a Carlos y Matías.

MARGARET
Qué pasa, han sido unos empujones de nada, hay peleas más duras.

CARLOS
Cómo vas a decir eso, ese hombres es tres veces más grande que tú y has podido con él, se puede decir que con facilidad.

Matías está entusiasmado.

MATÍAS
Mamá, ¿dónde aprendiste eso?, si aprendo a pelear así nunca podrán conmigo.

Margaret se da cuenta que has sacado una parte de ella que siempre ha estado ocultando y busca una respuesta.

MARGARET
Debe ser que como los vi en peligro se me subió la adrenalina, nunca habéis escuchado hablar de la fuerza oculta de los seres humanos en momentos de peligro, es increíble lo que pueden hacer las personas, vengan que voy a cambiarme.

Salen caminando, Matías se acerca a ella y le pone cara de lástima para intentar manipularla.

MATÍAS
Mamá cuéntame de ti.

Margaret niega con la cabeza.

Matías se le acerca y le agarra la mano con sus dos manos y se las lleva a su pecho, en su interior empieza a sentir la angustia de no poder convencer a la madre.

MATÍAS (CONT'D)
Por favor mamita buena, ayúdame a salir de esto.

MARGARET
De qué hablas.

MATÍAS
Para estar muy orgulloso de ti, ya sé que no eres de esas madres que gritan si se les parte una uña, porfa mamá.

Carlos le hace señas a Margaret para que le diga algo, Margaret resignada y molesta le habla de carretilla para salir de la situación.

MARGARET
Tu abuelo siempre quiso un hijo varón, y me enseño a pelear y de niña tuve muchas peleas, así aprendí.

Matías se pone frente a ella para cortarle el paso, tropiezan y casi caen.

MATÍAS
Y algo para demostrarlo, para que vean que no digo mentiras.

Margaret más enfadada le alza la voz.

MARGARET
Querías saber algo y te lo he dicho, ¿te vas a volver compulsivo?

Siguen caminando Matías un poco asustado y decepcionado.

MATÍAS
Algo más mamá, tal vez el abuelo Alexander lo conoció a lo mejor el tiene algo.

MARGARET
No, ellos no se conocieron, tu abuelo Alexander es el padre de tu padre y no sé conocieron.

Matías habla por lo bajo acercándose a Carlos.

MATÍAS
Sí, el padre que desapareció, a lo mejor él me hubiera ayudado con esto...

MARGARET
Qué has dicho.

MATÍAS
Nada mamá, pero... necesito demostrarlo, para no ser el tonto del grupo.

Carlos le hace señas a Margaret que afloje el tono, respira hondo y le responde a Matías cambiando el tono.

MARGARET
No, ya te he dicho que no me gusta hablar de mi vida, ¿son tus amigos?, pues podrán arreglarlo, esperen aquí.

Margaret entra en una habitación para cambiarse de ropa.

MATÍAS
Papá, creo que deberías hablar con mamá, porque eso de que ya no iba haber más misterios, es solo para mí.

CORTE A

20. INT. COMISARIA. SALA DE INTERROGATORIOS. - DÍA

Samantha esta detrás del cristal con un cabestrillo y escuchando el interrogatorio que le está haciendo el Comisario acompañado de Enrique a Marcos, el policía corrupto.

COMISARIO GONZÁLEZ
Es mejor que hables, por esa información sacada del archivo y el ataque a una agente.

Marcos habla con ironía pero con una expresión fría intentando no reflejar ninguna emoción.

MARCOS
¿Qué información?, muchas personas me piden expediente y no puedo retenerlo todo.

El Comisario se le acerca muy molesto.

COMISARIO GONZÁLEZ
La información confidencial, hace mucho que te vengo preguntando por el expediente de Margaret y sólo me respondes con evasivas.

MARCOS
La única que ha estado preguntando por ese expediente es la chica nueva, Samantha.

El Comisario González saca del sobre que lleva en la mano unas fotos y las tira encima de la mesa.

COMISARIO GONZÁLEZ
Este hombre con el que estás hablando te está entregando un paquete y tú le das otro, lo bueno de la alta definición es que puede ampliar las fotos y ver detalles y eso es un expediente.

ENRIQUE
Y eso que te dan que es, ¿dinero? tienes la misma ropa que cuando atacaste a Samantha.

El Comisario y Enrique lo miran mientras Marcos mira las fotos.

COMISARIO GONZÁLEZ
Este eres tú después de atacar a Samantha en el archivo, burlaste las cámaras al entrar, pero no cuando saliste.

En el momento que Marcos escucha esto, dentro de su impasibilidad hace una mueca de fastidio que sólo lo nota Samantha.

ENRIQUE
Vas a seguir negando tu vinculación con ese hombre, queríamos saber, hasta donde estabas dispuesto a ayudarnos.

Marcos levanta la vista.

MARCOS
Creo que ya es el momento de pedir un abogado.

COMISARIO GONZÁLEZ
Quieres ganar tiempo, si nos ayudas te podemos ayudar, recuerda que tu mujer es ama de casa...

En el momento que el Comisario González le menciona a su familia Samantha nota el mismo gesto sutil de preocupación en la cara de Marcos.

COMISARIO GONZÁLEZ (CONT'D)
... y que ella y tu hijo dependen completamente de ti.

Marcos levanta la vista y resopla.

ENRIQUE
Se te acaba el tiempo, ya sabes como va esto, las ofertas no son eterna.

COMISARIO GONZÁLEZ
Vámonos para que piense un poco.

El Comisario González y Enrique caminan hacia la puerta, a Marcos se le dibuja un gesto de preocupación y los llama.

Samantha mira con atención el cambio repentino de Marcos.

MARCOS
Un momento.

El Comisario González y Enrique se dan la vuelta y se ponen de frente.

ENRIQUE
Tienes velocidad de pensamiento cuando quieres.

COMISARIO GONZÁLEZ
Tienes una sola oportunidad, me haces peder el tiempo y haré lo posible porque termines bien jodido.

ENRIQUE
Qué me ofrecen.

COMISARIO GONZÁLEZ
Toda la indulgencia posible, y si todo sale bien, hasta puedo testificar a tu favor, habla.

MARCOS
Hay una casa en la que ellos están, está un poco apartada, fue allí donde me llevaron para hablar con su jefe.

ENRIQUE
Dónde está.

MARCOS
En el numero 555 de la avenida este.

El Comisario González y Enrique salen de la habitación, Samantha a través del cristal ve que a Marcos se le dibuja una sonrisa forzada.

En ese momento el Comisario González pasa por el lado de Samantha.

COMISARIO GONZÁLEZ
Te quedas aquí.

SAMANTHA
¿No le parece rara su actitud?

COMISARIO GONZÁLEZ
A qué te refieres.

SAMANTHA
Que sea muy hermético y de pronto suelte todo, así sin más.

COMISARIO GONZÁLEZ
Es parte del juego, sabe que si miente le va a ir peor.

SAMANTHA
Le digo algo a Margaret.

COMISARIO GONZÁLEZ
Sí, dile que hemos atrapado al corrupto y que vamos a realizar una operación importante, que no hay peligro para ella, sólo eso.

El Comisario González sale rápido.

CORTE A

21. INT. CASA DE MARGARET - TARDE

Carlos y Margaret están en la habitación, ella tiene un cigarro apagado y fuma imaginariamente.

CARLOS
Ahora que estamos solos te hago un observación, además del cigarro, Matías tiene razón, hasta cuándo serán los misterios.

MARGARET
Te vas a dejar llevar por un niño, pensaba que ibas a tener una iniciativa más de adulto.

CARLOS
Ehh, no intentes manipularme, el niño es el único que te pide explicaciones de lo que pasa.

MARGARET
Qué está pasando.

CARLOS
No ves como está Matías, tiene problemas en el cole con unos niños, creo que abusan con él.

MARGARET
No, me daría cuenta.

CARLOS
A eso me refiero, no te das cuenta, él mismo me lo dijo.

Margaret se enfada y levanta para ir a hablar con Matías y Carlos la detiene.

CARLOS (CONT'D)
No, que lo puedes empeorar, no ha querido hablar contigo.

MARGARET
Muy bien, gracias mi amor, ves que te has ganado lo de papá, por qué no ha querido hablar conmigo.

CARLOS
Él sabe que te pones como una fiera cuando le hacen algo, hay cosas que le dan vergüenza y otras que intenta resolver por si mismo, ademas, ante tantas negativas de ayudarlo con ese juego.

Margaret se le queda mirando, se empieza a derrumbar.

CARLOS (CONT'D)
Estás tan metida en eso que insistes ocultar, que no ves a tu alrededor, no sé que puede ser tan duro, hay algún término para cuando no expresas sentimiento.

MARGARET
Alexitimia, ¿quieres decir que no expreso sentimientos?, si no dejo de hacerlo.

CARLOS
No me refiero a los que dices si no a los que no dices.

MARGARET
Tiene que ver con el pasado de mi hermana y mío.

CARLOS
Esa hermana de la que estás consciente de su muerte, que jamás hablas de ella, ni miras su foto ni nada al respecto.

Margaret no sabe como decir la casi mentira, se le nota la angustia por mentir, se empieza a derrumbar.

MARGARET
Por qué crees que no la menciono, todo este problema con la policía y mis secretos tienen que ver con la vida de mi hermana... era lesbiana, debido a eso lo pasó muy mal... pero también pertenecía... a una banda de delincuentes.

Margaret no sabe que decir, aprieta los labios se derrumba en sí misma, se levanta y camina de espaldas hacia una esquina de la habitación donde hay menos luz, tropieza con la punta de la cama y cae el suelo sentada.

Carlos se levanta para ir hacia ella y ayudarla.

Margaret sentada en el suelo huye hacia la esquina arrastrando el culo por el suelo.

MARGARET (CONT'D)
Por favor no te acerques, no me toques ahora.

Carlos desde donde está se agacha, estira un poco la mano pero tiene dudas.

CARLOS
No sé que decir, eres la mujer más fuerte e increíble que conozco y pareces una cachorrita indefensa, era la vida de tu hermana.

MARGARET
Yo... también era de la banda.

Carlos se queda paralizado en el lugar el rostro se le pone muy serio.

CARLOS
Qué quieres decir, también eras delincuente.

MARGARET
Sí.

Margaret sentada en el suelo mira fijo a Carlos que va a decir algo pero ella lo interrumpe.

MARGARET (CONT'D)
Hice y fui muchas cosas malas... siento decepcionarte.

Margaret empieza a llorar.

Carlos intenta agarrarla pero ella se resiste, la agarra firme por los brazos y la obliga a que le mire a la cara.

CARLOS
Ven conmigo.

Matías llega sigilosamente y se pone detrás de la puerta de los padre para intentar escuchar lo que dicen, pero no oye bien, lleva un vaso lleno de refresco en la mano.

Carlos la lleva hacia la cama, se sienta apoyando la espalda en el espaldar y sienta a Margaret entre sus piernas, la abraza apoyando a Margaret en su pecho, le habla por lo bajo y con suavidad.

CARLOS (CONT'D)
Tranquila, todo se resolverá, esperemos a estar un poco más calmados para ...

Carlos la besa.

Matías detrás de la puerta se molesta porque no escucha nada, tiene dudas de que hacer y decide entrar en la habitación.

MATÍAS
Hola.

CARLOS
Matías qué haces.

Margaret le habla de espadas secándose los ojos.

MARGARET
Escuchabas detrás de la puerta.

MATÍAS
Mamá, ¿tú puedes llorar? siempre te he visto riendo o alguna vez enfada, pero ¿llorar?...

Margaret y Carlos se miran y sueltan una carcajada nerviosa.

MATÍAS (CONT'D)
Bueno mamá, me vas a dar lo que te pedí, para saber que hacer.

MARGARET
Mi amor déjame exlicarte una cosa, no me importa que sepas de mí o que hables con tus amigos, pero ahora mismo no te puedo ayudar...

Matías al escuchar la palabra no, se dirige a la cama, hace el intento por subirse y con disimulo le vierte el vaso de refresco encima de la ropa de Margaret, al ver como la ropa se pega al cuerpo de la madre mira a Carlos.

MATÍAS
Lo siento.

Al ver la cara de Carlos mirando a Margaret intenta contener una mirada pícara y se baja de la cama para marcharse.

MATÍAS (CONT'D)
Vale mamá no te preocupes, ya buscaré una solución.

Matías sale de la habitación con la mirada pícara.

Carlos le habla a Margaret devorándola con la mirada.

CARLOS
Necesitas que te ayude con la ropa.

MARGARET
Sí, ¿ves?

Margaret hecha el pecho hacia delante para que Carlos le vea como se le marcan el sujetador y las tetas en la camiseta mojada.

MARGARET (CONT'D)
... se ha mojado hasta la braga, así que voy a necesitar que me ayudes a cambiarla, incluso a tener todo limpio de refresco, necesito sentirme más mujer y limpia que nunca.

Carlos la mira al tiempo que le quita el short que lleva puestos quedando en bragas, le pasa la lengua por la parte del muslo donde tiene refresco.

CARLOS
Más y mejor mujer imposible, no te preocupes, me encargo que ahí abajo no quede nada de refresco.

Margaret se pone de pie en la cama quedando el pubis a la altura de la cara de Carlos y poniendo las manos en sus hombros, en el momento que Carlos le baja las bragas, Margaret salta y en el mismo movimiento del salto cuando se queda sin bragas ella le atenaza la cabeza con sus piernas quedando la cara de Carlos en su vagina y comienza a hacerle el coito oral.

CORTE A

22. INT. CASA DE MARGARET. TRASTERO - MOMENTOS DESPUÉS

Matías está en el trastero revisando las cajas que tiene la madre escondida, en una caja encuentra unos papeles y fotos, se les queda mirando y su cara se transforma en alegría.

Sigue mirando en otra caja que está escondida al fondo y cuando la abre se queda paralizado mirando la pistola, intenta dejarlo todo como estaba y sale corriendo con los papeles que ha encontrado.

CORTE

23. INT. CASA DE MARGARET. HABITACIÓN. - TARDE

Margaret y Carlos están en la cama, han terminado de hacer el amor, se miran y acarician mutuamente.

MARGARET
Gracias por una vez más darme espacio.

CARLOS
Pero recuerda que ese espacio no es ilimitado, sobre todo si hay un cerco que nos puede estrangular.

MARGARET
Aunque no lo creas, lo tengo siempre muy presente, pero muchas veces...

Suena el móvil de Margaret y lo coge.

MARGARET (CONT'D)
Si quién habla... que pasa...
(a Carlos)
Espera un momento.

Margaret se levanta envuelta en la sábana y sale de la habitación.

CORTE A

24. INT. CASA DE MARGARET. BAÑO - TARDE

Margaret entra corriendo al baño.

MARGARET
¿Sí?

Escucha con atención y un poco de preocupación.

MARGARET (CONT'D)
Mira, voy aguantar lo que más que pueda para no provocar un tsunami en mi familia... sí, puede ser peligroso, pero...

A medida que escucha la cara se le transforma y se le dibuja un ligera sonrisa.

MARGARET (CONT'D)
... ¿lo han capturado?... si ustedes van controlando la investigación, resistiré hasta que sea posible... hoy me derrumbé y casi quedamos en shock sin saber todo.

A Margaret se le nota más relajada, cuelga.

CARLOS (O.S.)
Estás bien.

MARGARET
Pasa mi amor.

Carlos entra al baño.

CARLOS
Te veo menos tensa.

MARGARET
Era Samantha, dice que han cogido al corrupto, que la investigación la van controlando y van a realizar una operación importante.

CARLOS
Son buenas noticias, ¿no?

MARGARET
Sí, pero todavía tengo miedo para continuar...

Carlos le cierra los labios con los dedos y con ternura.

CARLOS
Sabes que sé lo que es vivir con miedo y que es necesario la otra persona para superarlo.

CORTE A

25. I/E. COCHE DE MARGARET - DÍA

Van en el coche, ellos más jóvenes y Matías más pequeño, Carlos tiene una sonrisa forzada y trata de fingir que está contento.

MARGARET
¿Qué te pasa?

CARLOS
Nada, en el trabajo a veces hay injusticias.

MARGARET
¿Por qué?

CARLOS
Nada, hubo una promoción para otro que tiene resultados de trabajo inferiores.

MARGARET
Reclama.

CARLOS
¿Para qué?, la vida es así.

MARGARET
No sé si tienes abulia o anhedonia.

CARLOS
Qué.

MARGARET
Joderr, no sé si lo tuyo es falta de voluntad o si eres incapaz de sentir placer e interés por las cosas, la vida también es lo que nosotros hacemos por ella, reclama tu derecho, busca el respeto a tu esfuerzo, hacia ti mismo.

CARLOS
Hago lo que me gusta, cuánta gente puede decir eso.

MARGARET
(decepcionada)
¿y eso para ti es suficiente?

Carlos se queda pensativo y mira para Matías, cambia el tema.

CARLOS
¿Qué le pasa al niño?

MARGARET
Dice que no se siente bien, pero él quería verte, así que pasamos por aquí antes de seguir.

CARLOS
Es que ya es un hombre y no quiere preocuparte.

El niño le hace una sonrisa forzada.

CARLOS (CONT'D)
Como no quieres preocupar a mamá, vamos un momento al médico y después seguimos para la casa.

CORTE.

26. INT. CONSULTA PEDIATRÍA - MOMENTOS DESPUÉS

Están en consulta, el médico les extiende unas recetas.

DOCTOR
No es nada, parece que es un estado viral, pero para estar más seguros, háganle estos análisis.

MARGARET
Gracias.

CARLOS
Disculpe, el jefe del laboratorio de aquí, sigue siendo Antonio.

DOCTOR
Sí.

CARLOS
¿Cómo puedo hablar con el laboratorio?

El doctor marca un número en el teléfono que está sobre su mesa y le da el auricular para que hable.

DOCTOR
Tome.

CARLOS
Por favor con Antonio, disculpa, es que no te conocí la voz, estoy bien, necesito que me hagas un favor urgente, ok, voy para allá.

CORTE.

27. EXT. HOSPITAL INFANTIL - DÍA

Ellos saliendo del hospital, Carlos tiene al niño en brazos.

MARGARET
¿Cómo lograste que vayan a estar los resultados tan rápido?

CARLOS
Tengo compañeros de universidad en casi todos los laboratorios de la ciudad.

El niño se acomoda encima de Carlos y le da un golpe en la cara donde tiene una parte hinchada y se lamenta.

MARGARET
En algún momento tendrás que hablar de eso.

Suben al coche y se ponen en marcha.

CORTE.

28. I/E. CASA DE CARLOS - MOMENTOS DESPUÉS

El Coche se detiene frente al edificio donde vive Carlos, se están despidiendo.

Por la acera viene un hombre en el momento que Carlos va en esa dirección, el hombre tropieza con él con bravuconería.

FERNANDO
¡Mira por donde caminas!

Fernando lo aparta del camino.

Carlos no le da la cara y se gira avergonzado a Margaret que esta decepcionada, Carlos inicia el movimiento para marcharse.

MARGARET
¿Es él?

CARLOS
Es mejor que lleves el niño a casa.

MARGARET
Sí, es lo mejor.

Margaret ve por el retrovisor ve como el hombre baja y molesta a Carlos.

CORTE A

29. I/E. CASA DE ASALTO. - ATARDECER

En una casa apartada está la policia preparada para entrar, el Comisario González está al frente de la brigada junto con el responsable de las tropas de asalto.

Varios policías rodean la casa, algunos van por la izquierda, otros por la derecha, otros se sitúan en la parte trasera.

El Comisario González le hace señas al jefe de las tropas de asalto para que empiecen la entrada a la casa.

Un policía rompe la entrada.

Al mismo tiempo desde los laterales lanzan granadas de humo.

Los policías que están por el fondo entran con máscaras puestas.

Por la entrada principal entran otros policías con máscaras, por el humo no se distingue nada con claridad.

POLICÍA
Policía.

Un policía entra en una habitación.

POLICÍA 2
Despejado.

Empieza a aclararse la visión por el despeje del humo, los policías miran a su alrededor y no hay nada, la casa está totalmente vacía.

COMISARIO GONZÁLEZ
Hijo de puta, me las va a pagar, se va a arrepentir el resto de su vida.

CORTE A

30. INT. CASA DE MARGARET. COMEDOR - ATARDECER

Llegan a la casa Carlos y Matías.

No ven la sombra de Dimitri que ha pasado del baño a la habitación de Margaret.

CARLOS
Lo primero que vamos hacer es merendar porque tengo mucha hambre.

MATÍAS
Muy bien, yo espero sentado a que la termines.

Dimitri abre un poco la puerta para mirar si puede salir.

CARLOS
Voy a dejar las cosas en la habitación, para merendar tienes que estar cambiado de ropa de lo contrario te tienes que inventar tu merienda.

Carlos va hacia la habitación.

CORTE A

31. INT. CASA DE MARGARET - MOMENTOS DESPUÉS

Dimitri junta la puerta y entra en la habitación.

Carlos entra en la habitación.

Dimitri está tirado en le suelo en el lado opuesto de la cama en la que se encuentra Carlos, lleva en la mano una navaja preparada.

Carlos, ya cambiado se sienta en la cama para coger las zapatillas, tiene una un poco debajo de la cama se inclina más para cogerla casi tiene que mirar debajo de la cama, en ese momento se escucha la voz de Matías.

MATÍAS
Papá vamos que tengo hambre.

Carlos coge rápido la zapatilla sin fijarse debajo de la cama.

CARLOS
Recuerda que si no estás cambiado no meriendas, así que arriba.

Carlos se pone de pie, termina de calzarse las zapatillas y sale.

CORTE A

32. INT. CASA DE MARGARET. COCINA - MOMENTOS DESPUÉS

Carlos está llegando a la cocina.

Dimitri sale de la habitación y entra en la habitación de Matías.

Carlos siente la presencia de alguien y se gira, pero no ve Dimitri.

CARLOS
Vamos ve a cambiarte de ropa.

Matías va para su habitación y Carlos empieza a preparar unos bocadillos.

CORTE A

33. INT. CASA DE MARGARET. HABITACIÓN MATÍAS - MOMENTOS DESPUÉS

Matías entra en la habitación, deja su mochila al lado de un mueble cuando por la espalda se le acerca Dimitri, le tapa la boca y le pone la navaja en el cuello, le pone de frente a él, se lleva la navaja a la boca haciendo el signo de silencio.

CARLOS (O.S.)
Estoy terminando y si no estás cambiado no comerás.

Dimitri le habla bajo a Matías.

DIMITRI
No digas nada, ni grites, no quieres que corra la sangre, verdad.

Matías asiente con la cabeza.

CARLOS (O.S.)
Qué pasa te has quedado mudo.

DIMITRI
Dónde tu madre guarda sus cosas.

Matías está muy impresionado y no dice nada, Dimitri le acerca la navaja a la boca.

DIMITRI (CONT'D)
Tengo que sacarte las palabras de otra manera.

CARLOS (O.S.)
Matías te pasa algo.

Matías le habla al hombre.

MATÍAS
Ya le di los papeles a Roberto.

Dimitri saca su móvil y hace una llamada lo cogen desde el otro lado.

DIMITRI
Dice que ya entregó los papeles.

Dimitri asiente con la cabeza, se escuchan los pasos de Carlos que se acerca.

DIMITRI (CONT'D)
Dice que se los acaban de entregar, que suerte tienes, no digas nada porque puedo regresar sin que nadie me vea.

CARLOS (O.S.)
Espero que sea un broma.

Dimitri se pone en alerta.

MATÍAS
Por favor no le hagas nada, yo lo entretengo.

Se escucha el picaporte de la puerta, Carlos abre la puerta.

Matías está de frente a la misma con cara de susto.

CARLOS
Qué te pasa y esa cara.

MATÍAS
Me he sentido mal de pronto debe
ser el hambre, vamos.

Sale de la habitación cogiendo de la mano a Carlos con celeridad y lo lleva hacia la cocina.

Dimitri se queda parado detrás de la puerta con la navaja preparada.

CORTE A

34. INT. CASA DE MARGARET. COMEDOR - MOMENTOS DESPUÉS

Están llegando al comedor, Carlos siente una presencia por detrás, se gira y cree que ha visto a alguien pasar, coge un adorno y asustado empieza a retroceder sobre sus pasos.

Matías al verlo, lo agarra por un brazo y tira de él hacia el comedor.

MATÍAS
Qué haces, vamos que tengo hambre.

CARLOS
Quédate aquí y no te muevas.

Matías tira de él con más fuerza y asustado.

MATÍAS
Vamos que tengo mucha hambre.

Carlos se suelta la mano de Matías y continua caminando, mira en la habitación y el baño y regresa para el comedor más aliviado.

CARLOS
A merendar.

Matías se deja caer en la silla también más aliviado y asustado.

MATÍAS
Se me ha quitado el hambre, más
bien me han entrado ganas de ir al
baño.

CARLOS
Vale, pero no te espero.

Carlos empieza a comerse los bocadillos y Matías va para el baño.

CORTE A

35. INT. CASA DE LA MAFIA - DÍA

En el salón están varios mafiosos entre ellos Jhon con Karl a su lado, Dimitri y los guardaespaldas de Jhon, todos sentados en una mesa grande.

JHON
Bien, hoy me siento mejor, estos papeles y fotos que han visto, nos demuestran que esa mujer tiene que ver con aquel grupo de cretinos que nos robaron, lo que quiero Karl es que tú expliques si reconoces a algunos de la foto.

KARL
Sólo hay dos o tres fotos de las que nos interesan, y es porque en ella hay un hombre que pertenecía a la banda y que nunca encontraron.

Coge una foto y la separa de las demás.

KARL (CONT'D)
Se llamaba Yuri, nunca lo encontraron y es el único superviviente de esos cretinos, si es que está vivo, porque no sabemos absolutamente nada.

JHON
O alguien relacionado con él, es que faltan los papeles más importantes.

DIMITRI
Qué tienen esos papeles de importantes.

Se hace un silencio total, Karl se asombra de la imprudencia de Dimitri, Jhon le lanza una mirada autoritaria a Dimitri que este se da cuenta y cambia la vista.

JHON
Qué relación puede tener esa mujer con Yuri.

KARL
Ni idea, sabemos que ese día nació un niño y la madre murió el día que matamos a todos o casi todos.

JHON
¿Se sabe quién es el padre?

KARL
No, ni quien se quedó con el niño, parece ser que ese tal Matías es aquel niño, pero no hay que salir de dudas porque cabe la posibilidad que sea un niño adoptado.

JHON
Muy bien, entonces quiero las respuestas que faltan incluida la del otro asunto, el del topo en la policía.

KARL
No creo que nos vaya delatar, pero vamos actuar rápido.

Todos menos Jhon se levantan y se ponen en movimiento.

CORTE A

36. INT. COMISARIA. CALABOZO - ATARDECER

Samantha llega al calabozo donde está Marcos sentado, se queda del otro lado de los barrotes, Marcos levanta la mirada y la vuelve a bajar avergonzado.

SAMANTHA
Hola Marcos.

Marcos levanta la mirada.

SAMANTHA (CONT'D)
Sigues pensando que no debes decir nada, creo que deberías pensarlo mejor porque estás en tierra de nadie.

Marcos sigue sentado pero pone el cuerpo recto prestando más atención.

SAMANTHA (CONT'D)
Seguro que la mafia no te quiere porque te han descubierto, los policías no te quieren por corrupto, así que lo más probable es que en estás elecciones intenten usarte como ejemplo de acabar con la corrupción en el cuerpo y sus razones tienen.

Marco la sigue mirando intentando descifrar a donde quiere llegar.

MARCOS
Por qué no te vas, no has dicho nada que yo no sepa.

SAMANTHA
Porque no he llegado a la parte más importante, tu sabes cual es verdad.

Marcos se pone de pie, su rostro empieza a mostrar preocupación.

SAMANTHA (CONT'D)
Ya me prestas atención, eso quiere decir que te importa tu familia.

Carlos camina hacia los barrotes con rapidez e intenta agarrar a Samantha por la solapa de su chaqueta, cuando Marcos saca las manos a través de los barrotes, Samantha le tuerce una mano, Marcos se queda adolorido.

MARCOS
No metas a mi familia en esto.

SAMANTHA
No he sido yo, has sido tú.

MARCOS
No quiero que los maten.

SAMANTHA
Ni yo tampoco, mi trabajo es evitar que maten gente y eso incluye a tu familia, no me mires así, ni soy tu amiga ni me das lástima, pero si cumplo con mis responsabilidades.

MARCOS
Y eso que tiene que ver con mi familia.

SAMANTHA
Vas a seguir con lo mismo, soy tú única aliada para salvarles la vida.

MARCOS
No te acerques a ellos, no te acerques a ellos.

SAMANTHA
Ni siquiera he mirado tu expediente para saber donde vives, pero si piensas que estás ganando tiempo para salvarlos, estás mal, solo evitas el poder salvarlos.

Marcos se derrumba, descuelga la cabeza, aguantando el llanto habla.

MARCOS
Los tienen ellos en... retenidos, si avisó a la policía los matan, si ven por allí policías los matan, si se dan cuenta que los he delatado los matan, qué querías que hiciera, qué dejara que los mataran.

SAMANTHA
Por qué enviaste al Comisario González para aquella casa vacía.

MARCOS
Me dijeron que si me descubrían que enviara policías a aquella dirección, así ellos podían escapar y demostraría mi fidelidad para poder salvar a mi familia.

SAMANTHA
De verdad crees que ellos van a dejar que tu familia viva, después de verles la cara, son testigos, es decir un lastre para ellos.

MARCOS
Lo sé, me enseñaron el dedo de tu antecesor, no me mires así, se que está muerto, es la forma de intimidar, querían cortar el dedo a mi hijo delante de mí, no vi otra salida.

SAMANTHA
Dónde están, no tienes otra oportunidad, hay más vidas en juego.

MARCOS
Cualquier policía que se acerque los mataran.

SAMANTHA
Te doy mi palabra que no diré nada, con el lío de las elecciones el Comisario González es capaz de vender a su madre, buscaré una solución, pero si no me ayudas entonces no tienen ninguna posibilidad.

Marcos se le queda mirando.

MARCOS
Están en mi casa vigilados sin poder salir, al menor movimiento sospechoso los matan.

SAMANTHA
Te prometo que haré todo lo posible por salvar a tu familia, ah, no te guardo rencor por los golpes, sé que soy dura de pelar.

Samantha sale caminando.

CORTE A

37. INT. CASA DE MARGARET - TARDE

Margaret en su habitación recogiendo algunas cosas, Carlos a su lado la mira, tienen sus móviles encima de la mesa de noche.

MARGARET
Insistes que un hombre entró en casa, Matías me ha dicho que no lo vio, no estarás alucinando.

CARLOS
Me parece que vi algo, ya sabes, vi a Matías asustado y eso si que no es una alucinación.

MARGARET
Después nos sentamos los tres y aclaramos todo con Matías.

Escuchan unos pasos, se giran y ven a Matías acompañado de Karl con una pistola en la mano.

Dimitri tiene al niño agarrado con una mano, con ellos van tres mafiosos más.

KARL
Buenas, ya está aquí para las aclaraciones, espero que esta visita sea provechosa para todos.

CARLOS
¿Qué está pasando?

MARGARET
No es momento de hacer preguntas.

KARL
Pero nosotros sí, por favor pasemos a su hermoso salón.

CORTE A

38. INT. CASA DE MARGARET - A CONTINUACIÓN

Llegan todos al salón, a Margaret y Carlos los sientan juntos en el sofá, Carlos mira muy sorprendido a Margaret.

KARL
(a Margaret)
Lo primero que quiero saber es tu relación con las personas de esta foto.

Karl le entrega las fotos, Margaret al verlas se queda pasmada, mira Carlos.

Carlos le dice que no con la cabeza.

Margaret mira a Matías y este baja la cabeza, está muy asustado a punto de llorar.

MATÍAS
Lo siento, pensaba que era un juego, no sabía, no sabía..

MARGARET
Vale mi amor no pasa nada, ya se arreglará todo.

Margaret calla, y Karl se acerca Matías.

KARL
Espero que seas muy inteligente y cooperes con nosotros, dime tu relación con las personas de la foto.

Margaret respira profundo.

MARGARET
Ninguna.

KARL
Estás segura.

MARGARET
No exactamente, conocí a Yuri, fuimos muy amigos.

Karl se agacha al lado del niño, lo agarra por detrás del cuello sin apretarlo y le pregunta.

KARL
¿Tu mamá te quiere mucho?

Matías muy asustado, asiente con la cabeza.

KARL (CONT'D)
Veremos si es verdad.

Margaret lo interrumpe.

MARGARET
Qué quieres saber.

KARL
Sabía que los niños siempre llegan al corazón, ¿cuál es tu parentesco con él?

MARGARET
(Titubea)
Es mi sobrino.

MATÍAS
¡Mamá!

KARL
¿Y cómo es qué el niño llegó a ti?

MARGARET
Mi hermana murió en una pelea de delincuentes, Yuri fue quien lo salvó antes de que lo detuviera la policía y como soy el familiar más cercano de la madre...

KARL
¿Y Yuri?

MARGARET
Murió en el hospital.

KARL
¿Lo puedes probar?

MARGARET
Cuando fui a reconocer el cadáver de mi hermana me llevaron a reconocer el cadáver de la persona que salvo al niño para ver si lo conocía, era mi muy amigo Yuri.

Carlos está con la cara desencajada porque lo que escucha no encaja con la versión que le había dado Margaret.

KARL
Aceptable versión, porque el cuerpo nunca se encontró, ahora quiero saber donde está el dinero y los papeles que faltan.

MARGARET
¿Qué dinero y qué papeles?

KARL
El dinero del que nunca se habló, y si a ti llegó el niño debe haberte llegado la parte que le correspondía a tu hermana.

MARGARET
No sé nada de eso.

KARL
Entonces tendrás que pasar un curso de adivina en dos minutos, porque o nos dices donde está el dinero o de nada habrá servido haber salvado a este niño...

Karl empieza a jugar con el cuello de Matías.

KARL (CONT'D)
... creo que todo esto es una versión muy bien ensayada, todos los que estamos en este negocio siempre escondemos dinero y siempre alguien conoce su escondite y sus secretos, así que si eres su único descendiente, tú lo sabes, si tenían pensado dejarte al niño, también algo para que lo cuidaras.

Karl le aprieta el cuello a Matías, este se lamenta del apretón.

Se escucha el timbre de la puerta, Dimitri va para la puerta y la abre, es Samantha vestida de civil.

SAMANTHA
Buenas, Margaret me espera.

DIMITRI
En estos momentos no puede, está en una reunión privada.

Margaret se alarma al escuchar la voz de Samantha.

SAMANTHA
Habíamos quedado en vernos, por favor, es ella quien debe decirme que me vaya.

Intenta forzar un poco la entrada, pero en ese momento aparece Margaret por detrás de Dimitri.

MARGARET
Hola Samantha, disculpa mi despiste, se me olvido avisarte del cambio de planes, necesito que te vayas, son unos amigos de mi pasado.

Samantha capta el mensaje al instante.

SAMANTHA
Adiós, será en otro momento.

Samantha se va, Margaret regresa al lugar donde estaba sentada.

MARGARET
Está bien, pero solo hago tratos con el jefe, es el único que me puede asegurar la protección del niño.

KARL
No creo que estés en condiciones de exigir.

MARGARET
Vosotros tampoco, porque es muy probable que de todas formas me maten, pero si lo hacéis antes de tiempo os quedareis sin nada y si le hacen daño al niño tampoco tendrán nada, porque si eso pasa, les aseguro que se van a ver obligados a intentar matarme.

KARL
Esto estaba previsto, vamos.

Todos se levantan y se dirigen a la puerta, delante van dos mafiosos, después Margaret, Matías y Carlos y los demás.

Cuando están todos afuera, cerca de los automóviles. Margaret mira a Samantha que esta al lado de un coche escondida, Samantha le hace un seña con la vista hacia el suelo, Margaret afirma con la cabeza.

SAMANTHA
Policía, no se muevan.

Dos policías que estaban parapetados detrás del coche salen apuntando con sus pistolas.

Los delincuentes sacan sus armas para disparar.

Margaret agarra a Matías y lo protege con su cuerpo, tira de Carlos lanzándolos al suelo, con el movimiento de proteger a Matías con su cuerpo cae para el lado contrario al que cae Carlos.

Samantha y dos policías de patrulla comienzan disparar, los mafiosos le plantan cara al superarlos en número.

Aprovechando la confusión Margaret mira a Matías para ver como está; y empieza a arrastrarse hacia su coche protegiendo todo el tiempo a Matías con su cuerpo.

Samantha está disparando cuando se da cuenta de la intención de Margaret, le dice a los policías que tiene al lado.

SAMANTHA (CONT'D)
Mantengan el fuego para que no puedan acercarse a la mujer y el niño, joder que no llegan los refuerzos.

Carlos se arrastra huyendo de los disparos alejándose totalmente de Margaret.

Karl y uno de los mafiosos intenta ir hacia Margaret.

Carlos ve las intenciones de Karl, e intenta ir hacia allí, pero el miedo lo paraliza.

Samantha se da cuenta de la intenciones de Karl y su hombre y les dispara para que cortarles el paso y no puedan llegar a Margaret.

Dimitri sale corriendo por el final de la calle opuesta a donde están los policías.

Karl y los otros tres mafiosos intensifican los disparos sobre Samantha y la policía.

Dimitri dobla la calle ve a un hombre bajando de un coche, saca su pistola y lo obliga a que le dejé el coche, antes de subirse le deja inconsciente.

Carlos logra escapar corriendo agachado cerca de la policía pero sin detenerse por la intensidad de los disparos sobre ellos.

Samantha y los policías tienen que resguardarse detrás del coche subidos en la acera.

Margaret llega a su coche lo abre, suben Matías y ella lo arranca y se van contrario por donde está la policía.

Se escuchan sirenas lejanas de la policía.

El coche de Margaret pasa por delante del coche aparcado de Dimitri y este empieza a seguirlos con discreción.

Karl y sus hombres aprovechan el movimiento del coche de Margaret para acercarse a su coche que está aparcado en la acera de enfrente, intensifican los disparos mientras uno se sube al coche y lo arranca, los otros le disparan a Samantha y los policías.

Samantha y los policías tienen que parapetarse detrás del coche sin poder disparar ni sacar la cabeza.

Karl y sus hombres aprovechan subirse al coche e irse.

Samantha y los policías los ven irse.

CORTE A

39. EXT. CALLE - ATARDECER

Margaret va conduciendo, mira por el retrovisor, no ve que nadie la este siguiendo, Matías va detrás muy asustado y llorando.

CORTE A

40. EXT. CALLE - ATARDECER

Los mafiosos van en su coche, Karl recibe una llamada de Dimitri.

KARL
Cómo los estás siguiendo... Muy bien, nosotros vamos a cambiar de coche, sigue con ellos que después nos reuniremos contigo.

CORTE A

41. EXT. CASA DE ALEXANDER Y ELENA - TARDE

El coche donde viajan Margaret y Matías entra en el garaje de la casa.

CORTE A

42. EXT. CASA DE ALEXANDER Y ELENA - TARDE

El coche de Dimitri que les persigue se detiene a unos metros de la casa.

CORTE A

43. INT. CASA DE ALEXANDER Y ELENA - TARDE

Les esperan en la puerta interior de entrada al salón Alexander de 66 años y Elena de 63.

ALEXANDER
¡Hola Margaret!

MATÍAS
¡Abuelo!

Se lanza a los brazos de Alexander.

MARGARET
¡Hola Alex!

MATÍAS
¡Abuela!

ELENA
¡Qué sorpresa! no es época de que vengáis por aquí.

MARGARET
Matías, ve con la abuela a tomar algo, por favor, cielo.

El niño va con la abuela hacia la cocina.

MARGARET (CONT'D)
Realmente estamos en un lío y necesitamos ayuda.

ALEXANDER
Habla.

MARGARET
Tuvimos la visita de unas personas que el padre de Matías conocía y parece que él les debía algún dinero, hubo disparos, del que salimos vivos de milagro,
para ser más exacta, estoy en un plan de protección de testigos, por eso nos mudamos Matías y yo para este país.

ALEXANDER
Siempre me pareció extraña esa aparición vuestra tan repentina, pero como Elena pidió estar cerca del niño, siempre te creyó, pero eso no es importante ahora, qué necesitas.

MARGARET
Ponerme en contacto con la policía, préstame un teléfono.

CORTE A

44. I/E. CASA DE MARGARET - TARDE

En casa de Margaret está la policía, en el salón está Samantha hablando con los técnicos analizando el lugar.

Entra el Comisario González acompañado de Enrique, llama a Samantha.

COMISARIO GONZÁLEZ
¿Cómo es posible que esto haya ocurrido?, se supone que nosotros controlamos la investigación.

SAMANTHA
Eso se lo puedo responder, están haciendo todo en función de las elecciones y esto va de chapuza en chapuza.

El comisario la mira con cara de pocos amigos.

COMISARIO GONZÁLEZ
Esto nos pone en una situación muy difícil y de desventaja.

SAMANTHA
Ninguno de ellos está entre los muertos así que hay esperanzas, ¿en su investigación conoce algún lugar a dónde hayan podido ir?...

El comisario niega con la cabeza.

SAMANTHA (CONT'D)
... la volveré llamar.

Mientras va hablando, va marcando el número del teléfono de Margaret, suena el timbre.

POLICIA(O.S.)
¿Sí?

SAMANTHA
Desearía hablar con Margaret, es urgente, por favor.

POLICIA(O.S.)
Un momento.

SAMANTHA
Parece que podremos hablar con ella.

En ese momento del interior de la casa, sale una policía con el móvil en la mano.

POLICÍA
Alguien quiere hablar con Margaret.

Samantha mira al Comisario González y coge el teléfono que la mujer le extiende.

COMISARIO GONZÁLEZ
¿Dónde se habrán metido?

El comisario y Enrique se llevan a un lado apartado de los demás a Samantha.

COMISARIO GONZÁLEZ (CONT'D)
Me puedes decir que hacías tu aquí.

La pregunta sorprende a Samantha.

SAMANTHA
Viendo lo que hacen y que me tiene vigilada, vine a hablar con ella por eso llevo está ropa.

El comisario le habla con un tono amenazador.

COMISARIO GONZÁLEZ
Hablar de qué y para qué.

Samantha le dibuja una sonrisa irónica.

SAMANTHA
Tener un plan b para cuando llegara un desastre como este.

ENRIQUE
Has podido hacer algo.

SAMANTHA
No, cuando llegué ya estaban aquí los mafiosos, así que sólo pude evitar que se los llevaran y me convirtieran en un colador, que ya es bastante.

El comisario intenta hacer una pregunta que le molesta pero Enrique se le adelanta.

ENRIQUE
Tienes algo que aportar a la investigación.

SAMANTHA
No, ustedes están trabajando para unos votos, yo para salvar vidas, sin más.

ENRIQUE
Las dos cosas no tienen porque estar divorciadas y sería mejor para el futuro de ambos.

En ese momento suena el teléfono de Samantha, lo coge y se separa del comisario y Enrique habla para que los demás no la escuchen.

SAMANTHA
Tenemos que vernos, es importante para ti.

Samantha disimula, da media vuelta y sale caminando.

CORTE A

45. INT. CASA DE ALEXANDER Y ELENA - NOCHE

En la casa, Margaret está vestida para salir, está en otra habitación, tiene a Matías sentado a su lado un poco separado de ella, se le nota impresionado por lo ocurrido.

MARGARET
Sé que el día ha sido muy duro para ti y te habrás dado cuenta que hay cosas de mí que no sabes... no usaré palabras raras... hace mucho tiempo, antes que tú nacieras conocí a gente que hacían cosas malas, robar, drogas, etc... por eso te ocultaba mi pasado, por vergüenza, después aprendí que esas cosas hacen mucho daño y aunque me separé de ellos, siempre quedan cuestiones pendientes.

MATÍAS
Como ese dinero que anda desaparecido.

MARGARET
(asiente con la cabeza)
Por eso ocurrió lo de hoy, sabes que si de mí dependiera, jamás te haría pasar por algo como esto.

Matías la mira fijo a la cara llorando.

MATÍAS
Pero dijiste que eres mi tía no mi mamá.

Margaret respira profundo se le salen las lágrimas y se le hace un nudo en la garganta.

MARGARET
Dije que era tu tía, fue una mentira para que no se complicaran más la cosas y tratar de salir de esto lo más rápido posible.

MATÍAS
¿Eso es esto todo lo que escondías? a mí no me importa, pero solo quiero que me digas la verdad, pero la verdad.

MARGARET
La verdad, yo no soy tu tía.

Se abrazan y se besan, Matías la aprieta fuerte, como para no dejarla ir, a Margaret le cuesta separárselo del cuerpo.

MARGARET (CONT'D)
Ahora debo irme para ver si puedo resolver todo este lío de una vez y vivir felices para siempre.

Ambos se limpian las lágrimas que le corren por las mejillas.

MATÍAS
No te preocupes siempre serás mi mamá.

Se le tira al cuello y la abraza fuerte.

MARGARET
Gracias mi amor, vamos a ver a los abuelos.

CORTE A

46. EXT. CAFETERÍA - ATARDECER

Secuencia de varias acciones de Carlos.

Carlos entra en su casa a escondidas, llega al baño y coge unos pelos de un cepillo pequeño que es el de Matías y de otro más grande de mujer que es el de Margaret.

Imágenes de Carlos comprando dos teléfonos móviles y dos tarjetas, les coloca la tarjeta.

Carlos comprando un sobre y cuando se lo dan introduce en el las muestras de pelo que cogió de la casa.

Carlos caminando frente a un gran laboratorio, llega a la puerta donde lo está esperando un hombre, Carlos le entrega el sobre y se dan la mano.

Carlos con una gorra puesta está sentado en una cafetería asustado mirando para todos lados, intentando pasar desapercibido, hace una llamada.

CARLOS
Samantha... soy Carlos el marido de Margaret... estoy intentando que nadie me encuentre, sabes algo de Margaret y Matías...

Carlos respira aliviado por lo que ha escuchado, se le dibuja una sonrisa nerviosa.

CARLOS (CONT'D)
Qué alivio saber que están bien... necesito hablar contigo...

Carlos respira profundo, se nota que tiene miedo en lo que va a decir.

CARLOS (CONT'D)
...todo esto se ha ido de las manos, no sé como va a terminar, pero lo que sí sé es que no puedo estar sin hacer nada para ayudar a mi familia, por eso te pido que me digas que puedo hacer... estoy dispuesto hacer lo que sea... hasta dar mi vida, son mi familia y sin ellos cómo viviré, para qué viviré, no seré lo que soy.

CORTE A

47. INT. TRABAJO DE CARLOS. LABORATORIO - DÍA

Retrospectiva de Carlos más joven, como en las secuencias anteriores de juventud, está trabajando cuando ve a un compañero que recoge sus cosas para marcharse, Carlos le pregunta a otro compañero.

CARLOS
¿Qué pasa?, ¿lo han echado?

TRABAJADOR 1
Sí, lo echan a la planta de arriba, ha quedado una vacante y lo han promocionado.

Se separa del grupo pensativo y molesto, saca la billetera y se pone a mirar la foto que tiene de Margaret y Matías, en ese momento le pasa por delante una compañera de trabajo que le habla.

MUJER
Qué tonto eres...

Seguidamente la mujer habla con la voz de Margaret.

MUJER (CONT'D)
... dejas mucho que desear, ese puesto lo mereces tú.

Carlos se incorpora y va hacia la oficina de su jefe.

CORTE A

48. INT. TRABAJO DE CARLOS. OFICINA - A CONTINUACIÓN

Carlos entrando en la oficina del jefe.

JEFE
¿Qué deseas Carlos?

CARLOS
(tímido)
Hablarle, ¿por qué ni siquiera se me ha informado de esa promoción, siendo el mejor trabajador.

Aprieta la billetera que tiene en el bolsillo.

CARLOS (CONT'D)
... y vengo pedir explicaciones y lo que me corresponde.

El jefe le habla de forma despectiva e irónica, sin darle ninguna importancia ni a él y ni a sus palabras.

JEFE
¡Eso es nuevo! te has pasado todo el tiempo ahí trabajando y nunca has hecho ni dicho nada, a qué viene eso ahora, puedes irte a trabajar.

Carlos a medida que habla va adquiriendo un tono de seguridad.

CARLOS
¿A trabajar? No hasta que me dé una respuesta convincente, basta de seguir permitiendo que me pasen por encima.

JEFE
Un momento, si has permitido que hagan de ti lo que desean, no culpes a otro.

CARLOS
(respira profundo)
Tiene razón y por eso es que estoy aquí, me ha demostrado que sabes muy bien de lo que hablo y basta de ser menos, así que espero una respuesta.

JEFE
Tómalo como quieras, siempre puedo buscar a otro...

CARLOS
Búsquelo, pero encuéntrelo mejor que yo.

En ese momento, el gerente de la empresa, toca a la puerta y entra.

GERENTE
Buenas, ¿qué pasa aquí?

JEFE
Este...

CARLOS
Mi nombre es Carlos

JEFE
Carlos haciendo una reclamación.

GERENTE
¿Sobre qué?

CARLOS
Desde que trabajo aquí han hecho promociones a compañeros que están por debajo de mis resultados y no me parece bien.

GERENTE
Eres el que trabaja al final, en la esquina.

Carlos afirma.

GERENTE (CONT'D)
Ya era hora...

CARLOS
¿UD. lo sabia?

GERENTE
Sí.

CARLOS
¿y por que nunca UD. hizo nada para que me promovieran?

GERENTE
Si una persona no hace nada para mejorar él, no hace nada para mejorar mi empresa.

El gerente se gira para el jefe de piso.

GERENTE (CONT'D)
¿Realmente es mejor que los otros?

JEFE
Sí.

GERENTE
Entonces, dale el lugar que se merece, tú sabes.

Carlos sonríe y se aprieta la billetera que tiene en el bolsillo en señal de victoria y sale de la oficina.

CORTE A

49. INT. CASA DE CARLOS - MOMENTOS DESPUÉS

Carlos frente a la puerta del piso de Fernando, respira profundo, toca y este abre.

CARLOS
(dudando)
Fer... Fernando por favor quiero hablar contigo.

Fernando abre la puerta.

FERNANDO
¿Qué quieres? ¿Por fin decidiste presentarme a tu amiguita?

Carlos lo mira y en su expresión va perdiendo miedo.

CARLOS
Vengo a decirte que me dejes tranquilo.

Fernando dándole de lado y haciendo una mueca despectiva.

FERNANDO
Mejor vete para tu casa.

Fernando da media vuelta y hace el intento de irse, Carlos lo agarra por el hombro y lo pone frente a él.

CARLOS
No te estoy pidiendo que me dejes tranquilo, te estoy diciendo que desde ahora me vas a dejar en paz, para siempre.

FERNANDO
Y si no lo hago ¿qué?, ¿me vas a pegar?

Fernando intenta irse pero Carlos le corta el paso e intenta decirle algo, Carlos le empuja.

CARLOS
(poniendo cara de ira)
Si es eso lo que prefieres estoy dispuesto a todo.

FERNANDO
(sorprendido)
Seguiré haciendo lo que me de la gana.

Fernando le empuja haciendo retroceder a Carlos e intenta entrar en la casa como si no hubiera pasado nada.

Carlos corre hacia él y lo empuja entrando ambos en la casa cerrando la puerta.

Fernando reacciona encarándose y la va para encima, Carlos le da un puñetazo sorprendiéndolo.

Fernando le devuelve el golpe y Carlos trata de esquivarlo pero no puede.

Carlos le da una patada en los testículos e intenta darle otro puñetazo pero Fernando lo esquiva.

Fernando agarra a Carlos, este se le tira para el cuello y comienzan a forcejear.

Fernando le da un puñetazo por el estomago, Carlos se dobla sobre si mismo.

Fernando abre la puerta y lo agarra para sacarlo del piso de un empujón.

FERNANDO (CONT'D)
Tú no eres nada.

Fernando lo agarra por el cuello de la camisa y por la cintura del pantalón y comienza a sacarlo del piso.

Cuando casi lo tiene fuera, Carlos se agarra del marco de la puerta y empuja hacia dentro, entrando los dos de nuevo en el piso, cierra la puerta

CARLOS
Te dije que desde hoy me vas a dejar tranquilo.

FERNANDO
¿Crees eso?

Fernando se lanza contra Carlos y le da un puñetazo en la cara.

Fernando intenta darle otro, pero Carlos se le tira hacia el abdomen, lo abraza y lo empuja contra la pared.

Fernando se queja por lo fuerte que ha sido el golpe, pierde un poco de fuerza, golpea en la espalda a Carlos, este por el dolor lo suelta.

Fernando lo empuja contra la pared, se le acerca y lo agarra por la solapa.

CARLOS
Tal vez me ganes hoy, pero vendré todos los días hasta que me dejes en paz o a partir de ahora nuestras vidas se convertirán en un infierno.

Carlos le da, casi sin fuerza otro puñetazo a Fernando, este le tira otro golpe, pero Carlos quita la cara y el golpe da en la pared.

Fernando empieza a lamentarse por el dolor y Carlos lo empuja.

CARLOS (CONT'D)
Es tu decisión, o me dejas en paz o vivimos en guerra.

FERNANDO
No vale la pena vivir de esta forma es mejor dejarte en paz, tú no das ninguna ganancia.

Carlos comienza a irse.

FERNANDO (CONT'D)
Si esa mujer es la causa de esto, no la dejes escapar, has tenido el valor de un hombre.

Carlos sale cerrando la puerta.

CORTE A

50. INT. CASA DE MARGARET - NOCHE

Llaman a la puerta, Margaret abre se sorprende al ver a Carlos tan magullado.

MARGARET
¿Qué te ha pasado?, ¿te has vuelto adicto al maltrato?

CARLOS
(se señala la cara)
¿Esto? es la última vez, desde hoy inmune a las vergüenzas, ¿Matías?

MARGARET
Durmiendo, ¿qué haces a esta hora aquí?

Margaret le acaricia la cara.

CARLOS
He resuelto dos problema ahora sólo me queda uno por resolver.

MARGARET
¿Cuál?

Carlos la besa, ella le responde el beso con total pasión, Carlos la coge en brazos, se la lleva para la habitación.

CORTE A

51. INT. CASA DE MARGARET - MOMENTOS DESPUÉS

Margaret y Carlos han terminado de hacer el amor, él le señala las cicatrices que tiene en el cuerpo, en los senos de una operación, varias más de bala y cuchilladas muy bien tratadas estéticamente.

CARLOS
¿Qué te pasó?

Carlos la acaricia.

MARGARET
(sorprendida)
Son de varias operaciones que hubo que hacerme hace ya algunos años, iba con mis padres y tuvimos un accidente de tráfico, en el que ellos murieron, me salvé de milagro, hubo que hacerme una reconstrucción de varias partes del cuerpo, debido a eso quedé estéril, me extirparon los ovarios.

CARLOS
Y el niño, que pasó con él.

MARGARET
Era muy pequeño y por suerte no iba con nosotros, se había quedado en la guardería.

CARLOS
Y el padre.

MARGARET
Me dejó, un día se fue sin más, Matías nunca lo conoció.

CARLOS
Disculpa, no quise entristecer un momento tan bonito.

Margaret finge estar muy triste tapándose la cara.

MARGARET
No te preocupes, en algún momento tenías que saberlo...

En ese momento Margaret levanta la cara y le mira con cara pícara

MARGARET (CONT'D)
Es una broma, es algo que tengo asumido y superado...

Margaret por debajo de la sábana lleva la mano hasta la cintura y comienza a acariciarlo.

MARGARET (CONT'D)
Para la tristeza quiero muchas pruebas con el tubo de ensayo.

Carlos la interrumpe besándola.

CARLOS
Seguro, te va a llegar al cerebro, vas a tener las hormonas más locas que en una centrifugadora.

MARGARET
Pues vamos a ver quien termina primero el baile.

Se besan y hacen el amor.

CORTE A

52. INT. CASA DE ALEXANDER Y ELENA - NOCHE

En la actualidad, en casa están Alexander y Elena jugando con Matías cuando llaman a la puerta, Alexander va a abrir, cuando llega mira por la mirilla, son dos policías.

ALEXANDER
Es la policía.

MARGARET
Que pasen los estoy esperando.
(a Matías)
Ahora, vas con ellos para un lugar seguro, mamá tiene que ir a otro lugar para darle solución a todo este problema.

Margaret coge su cartera y sale de la casa.

ELENA
Voy a buscar algunas cosas del niño.

Elena entra y los policías esperan. Alexander se acerca a Matías.

ALEXANDER
No te asustes, seguro que tu mamá y la policía resuelven todo esto.

Entra Elena con un pequeño bolso.

ELENA
Aquí está, ya podéis marchar.

Los policías se van con Matías, en el momento que el primer policía abre la puerta, le dan un fuerte golpe en la cabeza.

Entra Karl con la pistola en mano apuntando al otro policía que no le da tiempo a reaccionar, detrás de él entran Dimitri y otros dos mafiosos.

KARL
¿Y Margaret?

Alexander inmediatamente asume la actitud de una persona más mayor de lo que realmente es, con movimientos y reacciones más lentas.

ALEXANDER
Ella está dentro, ¿me permite ir a buscarla?

Hace un movimiento un poco más apresurado para ir dentro, pero Karl rápidamente le apunta a la cabeza.

Alexander está de pie, mirando hacia el interior de la casa como si Margaret estuviera realmente dentro, está un poco nervioso e indeciso en lo que desea hacer.

KARL
Dígale a Margaret que venga.

Alexander habla para un lugar donde Karl no tiene visión.

ALEXANDER
Margaret te buscan... ven.

Karl desvía la vista un poco por dónde debe venir Margaret, Alexander se le abalance sobre la mano que tiene el arma para agarrarla.

ALEXANDER (CONT'D)
Corran.

Elena coge a Matías y corre con él para el interior de la casa, Alexander intenta empujar a Karl, pero este le da un empujón y lo aparta.

Uno de los mafiosos corre para el fondo de la casa

Elena y Matías están intentando salir saltando la verja del fondo de la casa, pero entre lo alta que es y la vejez de Elena les cuesta cuando por fin Matáis va a lograr saltarla llega el mafioso, lo agarra por la camisa y lo introduce otra vez.

Alexander recibe un golpe en la espalda y cae al suelo, pero

Karl continua golpeándole.

KARL
¿Dónde está Margaret?

Alexander no dice nada solo soporta los golpes.

Entran Elena, Matías y el mafioso.

ELENA
No lo golpeen más, ella salió.

KARL
¿Por dónde?

ELENA
Por la puerta.

DIMITRI
Sería cuando estábamos discutiendo que hacer o eliminando a los policías de afuera.

KARL
A dónde fue.

MATÍAS
Dejen de pegarle y se lo digo.

Karl para de golpear a Alexander y se queda mirando a Matías.

MATÍAS (CONT'D)
Dijo que iba a salir para resolver este problema pero no dijo a dónde ni con quién.

Todos se quedan sin saber qué decir o hacer.

Karl sonríe irónico y le da otra patada a Alexander, se acerca a Elena.

KARL
Suelta al niño.

Elena aprieta a Matías contra su cuerpo.

ELENA
No, no.

Karl la agarra por una mano y se la tuerce con fuerza causándole dolor y obligándola a aflojar los brazos.

KARL
De todas formas me lo voy a llevar.

La empuja con la mano torcida contra un mueble golpeándose en la espalda.

Karl coge al niño y se marcha con los hombres.

Elena se arrastra hacia el teléfono, llama a la ambulancia, después va hacia Alexander y lo acaricia llorando.

CORTE

53. EXT. CALLE - NOCHE

Samantha conversa con Margaret en su coche estacionado.

SAMANTHA
Lo siento, pero no pude ver tu mensaje, me estaban dando una paliza, por qué te decidiste a hacer algo.

MARGARET
Unos de esos hombres me atacó y me habló en ruso, nunca le he dicho a nadie que hablo ruso, me dijo una frase que siempre usábamos para amenazar, "en el mar de las mentiras no nadan más que peces muertos", qué eso tan de vida o muerte que tienes que decirme.

SAMANTHA
No puedes comentarlo, porque me jodes, además tú puedes ser perjudicada, cuando lleguemos a la unidad, no confíes en el comisario.

MARGARET
Por qué.

SAMANTHA
En la policía estamos en elecciones, él es amigo del jefe de la policía de la ciudad que tiene muy difícil volver a ganar, pero quieren usar el caso de ustedes para ganar puntos.

MARGARET
Eso me puede beneficiar.

SAMANTHA
Sí, si hicieran las cosas bien, pero como están apurados, van metiendo la pata una y otra vez.

MARGARET
Entonces qué puedo hacer.

SAMANTHA
Escúchalos y confiar la una en la otra, no nos queda otra, para mí no son de fiar.

MARGARET
Sabes algo de Carlos.

SAMANTHA
No, no sé nada de él.

En ese momento Samantha recibe una llamada, pone el manos libres, le hace señas a Margaret de silencio, es la voz de Enrique.

SAMANTHA (CONT'D)
Soy Samantha, qué pasa.

ENRIQUE (O.S.)
Dónde estás, el comisario dijo que nadie se moviera hasta resolver está crisis.

SAMANTHA
Fui a mi casa a cambiarme, me dices qué está pasando.

ENRIQUE (O.S.)
Los mafiosos se han llevado al hijo de Margaret.

Inmediatamente Samantha cuelga la llamada.

MARGARET
Qué haces, tengo que saber.

Margaret llora.

SAMANTHA
Escúchame, si saben que estoy contigo me echan del caso y entonces si que no vas a tener a nadie que te pueda ayudar, ahora mismo llamo, pero no puedes decir nada, yo hago todas las preguntas, desde aquí no podemos hacer nada.

Margaret asiente.

Suena el teléfono, Samantha acepta la llamada.

SAMANTHA (CONT'D)
Lo siento se cayó la llamada, explícame lo del niño de Margaret.

ENRIQUE (O.S.)
Hace unos minutos recibimos una llamada de una tal Elena, que unos hombres se habían llevado a su nieto.

SAMANTHA
Cómo fue.

ENRIQUE (O.S.)
Dice la señora que cuando la policía se iba con el niño de pronto entraron unos hombres, redujeron a los policías y los golpearon, tuvieron suerte porque los que estaban fuera, están muertos.

SAMANTHA
Le pasó algo a alguien más.

ENRIQUE (O.S.)
Sí, Elena está herida y a un tal Alexander le han dado una paliza y está ingresado, ambos están en el hospital General.

Margaret se tapa la boca para que no se escuchen los sollozos.

SAMANTHA
Gracias, voy para la unidad.

Cuelga la llamada.

MARGARET
Voy para el hospital.

SAMANTHA
Vale, tengo que verme con alguien.

CORTE A

54. INT. CASA DE LA MAFIA - NOCHE

Están reunidos Jhon, Karl y Dimitri.

JHON
No tenemos a la tal Margaret, pero tenemos al hijo, eso nos va a servir para que nos dé lo que buscamos.

KARL
Dice uno de nuestro hombres que están rodeados de policías en el hospital y que Margaret no aparece.

JHON
Aparecerá, si ella fue a esa casa con el niño es porque esos viejos le importan, así que aparecerá por el hospital.

KARL
Qué hacemos con los hombres que tienen a la familia del policía.

JHON
Déjalos por el momento, son la garantía que no tengamos un problema añadido con todo lo que sabe, tú Dimitri busca la manera de hacerle llegar a Margaret el mensaje para el intercambio.

CORTE A

55. INT. HOSPITAL - NOCHE

Llegan Margaret a una habitación en la que hay dos policías de pie en la puerta, entra.

En el interior de la habitación está acostado en su cama Alexander y Elena sentada a su lado en una butaca, Margaret al verlos llora.

MARGARET
¿Cómo estáis?

ELENA
Perdónanos pero no pudimos evitarlo, se llevaron a Matías.

MARGARET
Lo sé, seguro que está bien, a él no le va a suceder nada, ustedes son los que tienen que cuidarse ahora, ¿Cómo te sientes Alexander?

ALEXANDER
(llora)
Mal, le fallé al niño y eso es imperdonable.

Margaret se le acerca y le acaricia la cara.

MARGARET
Sois los mejores abuelos del mundo, lo vamos a recuperar, así que levanten el ánimo para que puedan esperarlo cuando regrese, sé que hicisteis lo mejor que pudiste, de lo contrario no estaríais así, vine a quedarme con vosotros hasta que me avisen.

ELENA
No es necesario ve y ocúpate de encontrar al niño.

MARGARET
Por ahora no puedo hacer nada, yo me quedo está noche cuidando de vosotros, vamos, acuéstate, mañana ya veremos.

Margaret la ayuda a acostar.

CORTE A

56. EXT. CALLE - NOCHE

Están hablando Samantha y Carlos, está afectado por la noticia de la captura de Matías.

SAMANTHA
Qué es eso importante que quieres decirme, no sé más con respecto a Matías, no basta con querer hacer algo...

CARLOS
Mírame, mi familia va a morir, ya me dijiste que al comisario le importa una mierda mi familia, no podemos acudir a nadie más, crees que puedo dejarlos que mueran.

SAMANTHA
Carlos, eso está muy bien pero...

Carlos la interrumpe.

CARLOS
Por favor no los dejes morir, si alguien va a morir que sea yo, al menos intentándolo, yo no quiero ser un súper detective, siempre fui un pringado pero gracias a ellos mi vida tiene sentido, déjame devolverle a la vida sus vidas.

Samantha lo mira y cede, saca una libreta y anota.

SAMANTHA
Ve a esta dirección y vigila, sólo vigila, para saber cuantos hombres hay, es la única pista que tengo, nadie más lo sabe.

CARLOS
Quiénes son.

SAMANTHA
Son unos tipos peligrosos, que están esperando órdenes, necesito saber su rutina para cuando haga falta pasar a la acción, es importante que no sepan que estás allí porque hay vidas en peligro.

CARLOS
Lo haré muy bien, recuerda, no le digas a nada a Margaret donde estoy ni lo que hago.

Carlos se marcha.

CORTE A

57. INT. HOSPITAL - DÍA

En el pasillo de entrada a la habitación donde se encuentran Alexander y Elena, se acerca una enfermera a uno de los policías que está en la puerta, se identifica y el policía la acompaña cuando entra.

Dentro de la habitación la enfermera se dirige al envase del suero que tiene colocado Alexander, comprueba el mecanismo de goteo del suero, aguanta el frasco por el interior de manera que no quede a la vista del policía, le pega un papel al envase, mira su reloj para revisar el ritmo de goteo, mira a Margaret.

ENFERMERA
Dentro de cinco minutos, compruébelo.

La enfermera con un poco de susto en la cara señala el papel que ha pegado y se marcha, detrás de ella sale el policia.

Margaret se levanta, se acerca al envase y coge el papel pegado, le habla a Elena que está despierta.

MARGARET
Voy al baño.

Sale de la habitación.

CORTE A

58. INT. HOSPITAL - MOMENTOS DESPUÉS

Margaret entra al baño mirando para todas partes para ver si hay alguien más.

De uno de los servicios sale la enfermera muy nerviosa.

ENFERMERA
Me dijeron que te diera este teléfono, sonará dentro de poco, te juro que no tengo nada que ver con esto, me han obligado, si no lo hacía matarían a mi familia, por favor créeme.

MARGARET
Te creo, antes de salir deja de llorar para que nadie te haga preguntas.

La enfermera coge y se pone agua en la cara, coge papel y se seca.

Cuando está saliendo la enfermera suena el teléfono, Margaret responde.

MARGARET (CONT'D)
Sí, quién habla.

MATÍAS (V.O.)
Mamá, mamá, soy yo.

Margaret empieza a llorar.

MARGARET
Dime mi amor, cómo estás.

JHON (V.O.)
Hola Margaret.

MARGARET
Dónde está Matías.

JHON (V.O.)
No tenemos el gusto de conocernos pero eso se arreglará pronto, si lo deseas.

MARGARET
Déjame hablar con mi hijo.

JHON (V.O.)
Yo te concedo ese deseo.

MATÍAS (V.O.)
Ahh, me duele.

MARGARET
Qué pasa Matías, qué pasa.

MATÍAS (V.O.)
Me duele mamá, me están apretando el dedo con una pinza.

MARGARET
Por favor no, no le hagan daño.

JHON (V.O.)
El niño se ha equivocado, no es una pinza es una tenaza, lo curioso de esto, es que si no haces lo que te decimos sólo vas a encontrar del niño el trozo de dedo que deje la tenaza.

MARGARET
Lo que quieran, díganme.

JHON (V.O.)
Espera a que te volvamos a llamar, sin avisar a la policía, porque ya sabes lo que va a ocurrir.

Cuelgan la llamada, Margaret se mira al espejo, se hecha agua en la cara y mirándose la cara poco a poco se le transforma de asustada a odio y sale del baño.

CORTE A

59. EXT. CAFETERÍA - DÍA

Carlos esta siguiendo a un mafioso saliendo de una cafetería, tiene una bolsa con el desayuno para sus compañeros, Carlos se le acerca por detrás y le pone la navaja en el cuello.

CARLOS
Si te mueves te rajo el cuello.

Inmediatamente le quita el revolver que tiene en la cintura y le apunta.

CARLOS (CONT'D)
No digas nada, ahora tú y yo vamos a dar un paseo, al menor movimiento te mato.

Salen caminando y al doblar una esquina lo hace subirse a su coche, el se sienta detrás.

CARLOS (CONT'D)
Llama a tus amigos que están en la casa y diles que te vas a demorar porque te ha caído mal la comida, después me llevas a ver a tu jefe, cualquier movimiento que no me guste, te mato.

CORTE A

60. INT. CASA DE MARGARET - DÍA

En la casa están Margaret furiosa y Samantha delante de ella, está la caja en la cual Matías vio la pistola en el trastero.

Margaret está terminando de cambiarse, se ha puesto una ropa negra ajustada, se ha recogido el pelo, está terminado de retocarse los labios.

SAMANTHA
Estás más sexy que nunca.

MARGARET
No voy a dejar de ser mujer para patearles el culo, la fuerza no esta en el maquillaje, está en ser mujer, voy a buscarlos, voy a terminar esto.

SAMANTHA
Hagámoslo juntas.

MARGARET
Cuál es la pista que tienes.

SAMANTHA
La familia del policía que entregó tu información, la tienen retenida como garantía de que él no hable, si nos acercamos a ellos y se dan cuenta, los matan.

MARGARET
Quieres decir que hay que llegar sin que te vean y atraparlos, bueno con atrapar a uno basta para que hable, cuántos son.

SAMANTHA
Son tres.

MARGARET
Cómo lo sabes.

SAMANTHA
Hay algo que no te he dicho.

Margaret para de terminar de prepararse y la mira fijo.

SAMANTHA (CONT'D)
Carlos ha estado vigilando la casa, fue quien me dijo que son tres.

MARGARET
¿Carlos mi marido?

SAMANTHA
Estaba desesperado y me dijo que quería ayudar y que no te dijera nada, eso lo dejo muy claro.

MARGARET
Es normal con tantos años de secretos debe estar hecho un lío, si fuera yo , estaría con ansiolíticos.

Samantha marca en el teléfono.

SAMANTHA
Él está dispuesto a morir por ustedes.

A Margaret se le llenan los ojos de lágrimas.

SAMANTHA (CONT'D)
No responde, que raro, le puede haber pasado algo...

MARGARET
O lo han descubierto, más razón para ir a esa casa.

SAMANTHA
Vamos juntas.

MARGARET
No, no puedes mezclarte, si algo sale mal solo estás tú para salvar a mi familia, no te preocupes, ellos han traído lo que yo era, lo van a tener en versión mejorada, una madre luchando por su familia.

Margaret termina de prepararse y Samantha de enviarle la ubicación al teléfono.

CORTE A

61. INT. CASA DE LA MAFIA - DÍA

En el salón están Jhon, Karl, Dimitri y Carlos.

JHON
Así que eres el marido de Margaret, tienes huevos.
(le habla Karl)
Tenemos que preparar mejor a los hombres, no puede ser que venga cualquiera y los sorprenda.

KARL
Lo envié de regreso a la casa del policía, pero ya hablaré con él.

JHON
(a Carlos)
Se puede saber que deseas.

CARLOS
Salvar la vida de mi hijo.

JHON
¿Y la de Margaret?

CARLOS
Si se puede salvar estoy abierto a propuestas.

KARL
Cómo piensas salvar la vida de tu hijo.

CARLOS
Entregándoles a Margaret.

KARL
Eso ya no hace falta, hemos hablado con ella y llegando a un acuerdo.

Carlos se queda sorprendido y se pone tembloroso.

JHON
Pero nos has hecho un favor, ya tenemos dos piezas para cambiar o tienes alguna otra intención.
(le habla a Dimitri)
Destruiste su teléfono para que no puedan localizarnos.

DIMITRI
Sí.

JHON
Cómo diste con la casa del policia.

CARLOS
Casualidad, alguien le dio una paliza a la agente de Margaret, fui a casa del responsable y esos tipos no tienen cara de policías, ya que los he ayudado, me dejan ver al niño, aunque sea para saludarlo.

Jhon hace señas para que lo lleven.

CORTE A

62. I/E. CASA DE MARCOS - DÍA

Margaret está mirando por una ventana de la casa hacia el salón, ve a la mujer y al hijo de Enrique sentados, atados y acompañados de dos mafiosos.

Margaret rodea la casa llegando a la puerta de atrás, saca una ganzúa, abre la puerta y entra.

Margaret avanza por el pasillo

Unos de los mafiosos está viendo la televisión, el otro está comiendo un bocadillo.

Margaret se asoma y el hijo del policía la ve, ella le hace señas que haga silencio, saca la pistola y se prepara para atacar.

CORTE A

63. INT. CASA DE LA MAFIA - DÍA

En una habitación está sentado Matías con un dedo vendado, se abre la puerta y entra Carlos acompañado de Karl, corren a abrazarse.

MATÍAS
¡Papá!

Carlos también llora.

CARLOS
Cómo estás, qué te ha pasado en el dedo.

MATÍAS
Nada, dónde está mamá.

CARLOS
Mamá está intentando arreglar el problema por otra parte, pero creo que está bien.

MATÍAS
Cuándo estaremos juntos otra vez.

CARLOS
Pronto, mientras tanto tenemos que ser fuertes y valientes, vale.

En ese momento Karl lo hala del brazo para llevárselo pero Matías se le cuelga al cuello sin soltarlo.

Karl tira con fuerza y arrastra a Matías colgado del cuello de Carlos.

CARLOS (CONT'D)
Espera un momento por favor.

Carlos abraza a Matías, le agarra la cabeza y le mira fijo a los ojos, quita los brazos de su cuello.

CARLOS (CONT'D)
Matías, no te estoy abandonando, pero es necesario que ahora nos separemos para poder arreglar todo.

Carlos lo abraza fuerte unos segundos.

CARLOS (CONT'D)
Aguanta, vale...

Carlos y Karl salen de la habitación, Matías se queda mirándolos como salen.

CORTE A

64. INT. CASA DE LA MAFIA - MOMENTOS DESPUÉS

Carlos y Karl están en el pasillo.

CARLOS
Puedo ir un momento al baño.

KARL
Esa puerta.

Carlos entra al baño, mira que no hay nadie, entra donde el váter, se baja los pantalones, simulando que va a defecar, rápidamente se quita un zapato y el calcetín donde tiene escondido un móvil, lo enciende, marca el numero de Samantha, le manda la ubicación y un mensaje: "Matías y yo aquí, no más comunicación" cuando ve que el mensaje ha sido enviado apaga el teléfono, lo vuelve a colocar en el calcetín, hala la cadena se viste y sale.

CORTE A

65. INT. COMISARIA - DÍA

Samantha corre por el pasillo hacia la oficina del Comisario entra interrumpiendo la conversación que tiene con Enrique.

SAMANTHA
Comisario tengo una pista de donde pueden tener al niño.

El comisario se pone en alerta, pero con reservas.

COMISARIO GONZÁLEZ
Cómo la has obtenido.

SAMANTHA
A través de Carlos el marido de Margaret.

ENRIQUE
Es de fiar, qué es lo que dice.

Samantha les muestra el mensaje que les ha enviado Carlos y al mismo tiempo habla.

SAMANTHA
Hemos estado en contacto y no se de que manera se ha enterado donde está el niño.

COMISARIO GONZÁLEZ
Me ocultas algo, dime qué es.

SAMANTHA
El estaba vigilando la casa de Marcos por sugerencia mía.

ENRIQUE
Con qué base vigilaba la casa.

SAMANTHA
No hay tiempo ahora para eso.

COMISARIO GONZÁLEZ
Tengo que tener una base para dar esa orden.

SAMANTHA
Marcos me dijo que tienen a su familia retenida en su casa, pero si alguien se acerca los matan, no quería decirlo a nadie, pero lo convencí.

COMISARIO GONZÁLEZ
Cómo.

SAMANTHA
Diciéndole que era en mí la única persona en la que podía confiar para salvar a su familia.

El comisario la mira con rabia.

COMISARIO GONZÁLEZ
Ya hablaremos, Enrique pasa la ubicación a todo el personal disponible y vamos para allá, avisa a la brigada de asalto.

CORTE A

66. INT. CASA DE MARCOS - DÍA

Margaret está preparada en el pasillo para atacar.

El niño por nerviosismo no deja de mirar para el pasillo.

El mafiosos que está viendo la televisión lo nota nervioso y se pone pie para ir al pasillo por la mirada del niño, el niño se pone más nervioso, el mafioso avanza para el pasillo, pone su mano en la pistola.

El otro mafiosos no le hace mucho caso terminando de merendar.

El mafioso está llegando al pasillo, Margaret sale de pronto y con sus dos manos aguanta la mano de la pistola del hombre haciendo que la suelte, él también logra que ella suelte la suya e inmediatamente le da una patada en los huevos y un puñetazo en la cara que lo tambalea.

El otro mafioso intenta levantarse de la mesa para ir hacia Margaret pero esta mucho más rápida coge un jarrón que esta de adorno y con él le da en la mano donde tiene la pistola.

El otro mafioso se está incorporando, Margaret se acerca le tira una patada pero el hombre se la esquiva y le lanza un puñetazo, Margaret lo esquiva con un movimiento del tronco y le da otro puñetazo a él y le da una patada a la pistola para alejarla del hombre.

Margaret se gira hacia el otro mafioso que va a coger la pistola, le da una patada que le hace doblarse y no coger la pistola, le da una patada a la pistola.

Va hacia el otro mafioso que ha logrado ponerse de pie y se le encara con los puños en alto, el hombre le tira un puñetazo pero Margaret se le mete por debajo y le da un puñetazo que lo estremece.

El otro mafioso ha sacado su móvil y habla.

MAFIOSO 1
Nos están atacando...

Va a seguir hablando pero Margaret que lo ha visto coge al mafioso con el que esta peleando y lo proyecta contra este sin que le de tiempo a decir quien lo está atacando.

En ese momento se escucha el cerrojo de la puerta que se está abriendo, es el mafioso que había sido capturado por Carlos que regresa.

Margaret corre hacia la puerta, con el mismo impulso le golpea con la puerta haciendo que el hombre caiga contra la pared, le golpea en la cabeza con un cenicero de adorno dejándolo casi desmayado.

Cuando mira para los otros mafiosos ve que cada uno ha

cuando mira para los otros mafiosos ve que cada uno ha logrado coger su pistola, Margaret inmediatamente coge de la cintura del mafioso que tiene delante la pistola y le dispara a los otros dos mafiosos matándolos.

Margaret empieza a atar las manos del mafioso desmayado con su propio cinturón, no le hace el menor caso a la familia de Marcos.

Marta, la mujer de Marcos intenta desatarse.

MARTA
Me llamo Marta, muchas gracias por salvarnos, nos puedes desatar.

Margaret no le contesta.

MARTA (CONT'D)
Muchas gracias por ayudarnos a mí y mi hijo, cuando llegan los otros policías.

Margaret va hasta el niño y lo desata.

MARGARET
Lo que deseo es que me deje tranquila.

MARTA
Lo único que deseo es agradecerle que nos haya rescatado, sabe algo de mi marido.

Margaret la mira con cara de estar cansada de ella y empieza a despertar al mafioso.

MARTA (CONT'D)
No sé por qué me miras así, me puedes decir quien eres, al menos para darte las gracias con tu nombre.

MARGARET
Soy una persona a la que su marido le ha jodido la vida y a puesto a mi familia en peligro, vine a buscar a uno de ellos para que me lleve a dónde está mi familia.

El mafioso se ha despertado, Margaret le pone una pistola en la boca.

MARGARET (CONT'D)
Escúchame bien, vas a llevarme al lugar donde está tu gente o te mato, sabes quien soy verdad, ¿me vas a llevar?

El mafiosos asiente, Marta le habla a Margaret.

MARTA
Si Marcos lo hizo fue porque lo obligaron, nos tenían a nosotros de rehenes.

Margaret mira al niño y después a Marta.

MARGARET
No nos vamos a entender, usted mira por su familia y yo por la mía, cuando me vaya llame a la policía.

Margaret ayuda a levantar al mafiosos, sale por la puerta y se van.

CORTE A

67. INT. MORADA MAFIA - DÍA

Está la policía analizando la casa de la mafia donde estuvieron recluidos Carlos y Matías, el comisario furioso, habla con Enrique, Samantha y uno de los técnicos.

COMISARIO GONZÁLEZ
Maldición, cómo es que estuvieron hace poco aquí.

TÉCNICO
Hace muy poco tiempo hubo gente aquí, en la cocina todavía hay cosas calientes.

ENRIQUE
Parece que estuvieron destruyendo algo porque se han encontrado papeles quemados.

SAMANTHA
Además en una de las habitaciones se han encontrado cosas de niños.

COMISARIO GONZÁLEZ
Todo esto puede ser una maldita casualidad.

SAMANTHA
No lo creo, esta es la ubicación de la casa que me envió Carlos, ya sería demasiada casualidad, y si alguien les avisó.

ENRIQUE
Que yo sepa el único corrupto es Marcos y está preso.

COMISARIO GONZÁLEZ
Qué quieres decir, que fue alguno de los que sabía que veníamos, estaría bueno que hubiera dos corruptos en vez de uno.

En ese momento hay un movimiento de policías a la entrada de la casa.

El comisario, Samantha y Enrique se acercan a la entrada, es Margaret que llega con el mafioso capturado.

COMISARIO GONZÁLEZ (CONT'D)
Qué pasa.

MARGARET
Soy yo, este me ha traído hasta aquí, he venido a buscar a mi familia.

ENRIQUE
Cómo sabes que está tu familia aquí.

MARGARET
Este caballero me ha hecho el favor de indicarme el camino.

ENRIQUE
Dónde lo encontraste en la basura.

MARGARET
No, pero estaba en casa de otra basura...

El comisario y Enrique miran a Samantha que les mantiene la mirada desafiante.

MARGARET (CONT'D)
Se pueden quedar con él, me conformo con tener a mi familia.

Margaret entrega el mafiosos a la policia y Samantha da unos pasos hacia Margaret.

SAMANTHA
No están aquí.

MARGARET
Cómo que no están aquí, ese me ha dicho que estaban aquí.

SAMANTHA
Estuvieron aquí y hasta hace muy poco según dicen los técnicos.

Margaret queda afligida preocupada.

SAMANTHA (CONT'D)
Haciendo un análisis rápido creemos que alguien les aviso, así que empezaremos una investigación.

Margaret al escuchar esto casi que llora, le da la espalda a Samantha.

MARGARET
No investiguen nada, ha sido culpa mía.

SAMANTHA
Cómo.

MARGARET
Cuando estaba rescatando a la familia del policía uno de ellos logró hacer una llamada, fue muy corta, no le di tiempo a decir casi nada, pero debe haber sido suficiente para alertarlos.

Margaret en ese momento se acuerda de algo.

MARGARET (CONT'D)
Madre mía, que cabeza la mía.

SAMANTHA
Qué pasa.

Margaret saca de un bolsillo el teléfono que le dio la enfermera y lo enciende.

MARGARET
Me hicieron llegar un teléfono para comunicarse conmigo para que les lleve lo que quieren a cambio de Matías.

SAMANTHA
Eso es una pista.

MARGARET
Sí, por eso lo saco delante de tu jefe, me he dado cuenta que hay cosas que no puedo hacer yo sola y que no basta la intención para lograrlas, aunque haya algunos capullos que no se merezcan tu confianza.

CORTE A

68. INT. ALMACENES ABANDONADO - DÍA

En una nave muy grande están varios de los mafiosos con armas largas preparando cargamentos y montando vigilancia.

En una esquina al fondo tienen a Matías y Carlos sentados en una sillas con un hombre vigilándolos.

En una oficina improvisada están sentados Karl y Jhon, Karl intenta comunicarse con Margaret.

JHON
Cómo que el teléfono no da señal.

KARL
La llevo llamando mucho tiempo y no responde.

JHON
Algo tiene que haber pasado, no creo que se atreva a abandonar a su hijo.

KARL
Crees que tenga algo que ver con lo ocurrido en casa del tal Marcos, menos mal que aquella llamada nos alertó.

JHON
No sé, pero por eso estamos preparando todo esto, nunca se sabe que puede pasar.

KARL
Por qué no nos largamos y ya está, esto cada vez se complica más.

JHON
A parte de todo el dinero que hemos gastado sobornando gente allá y aquí, en esos papeles hay códigos para encontrar más de 300 millones de dólares limpios, con eso puedo desaparecer.

En ese momento suena el timbre al otro lado.

MARGARET (V.O.)
Si dime.

JHON
Por qué no contestabas.

MARGARET (O.S.)
Se me apagó el teléfono, como tengo que hacer muchas cosas, estoy buscando a mi marido y no lo encuentro, ahora fue que me acordé, que queréis.

JHON
Escucha bien, por la carretera 32 a 60 kilómetros hay unos almacenes abandonados, lleva todo para allá, en tres horas.

MARGARET (V.O.)
En tres horas no puede ser.

JHON
Por qué.

MARGARET (V.O.)
Lo tengo todo en una caja fuerte a dos horas de aquí, como no sabía cuando me iban a llamar, pues prioricé esas cosas que te dije, así que sacando cuentas, si salgo ahora mismo son dos horas para allá y dos para acá, más una hora para llegar a donde me has dicho, en cinco horas y medias podemos vernos.

JHON
Tienes tres horas, si te demoras más de eso, tendrás sólo a uno de los dos, bueno tendrás a los dos pero uno muerto.

Jhon cuelga.

CORTE A

69. INT. COMISARIA - MOMENTOS DESPUÉS

Margaret está en una oficina rodeada de técnicos en comunicación, Samantha, el comisario, Enrique y el jefe de las tropas de asalto que estaban escuchando la conversación.

MARGARET
He intentado ganar el mayor tiempo posible, tres horas son suficientes?

El comisario mira al jefe de las tropas de asalto que le asiente.

COMISARIO GONZÁLEZ
Tienen que ser suficientes.

CORTE A

70. EXT. ALMACEN - ATARDECER

Margaret, se baja del automóvil frente a la puerta, hay dos hombres uno de ellos la acompaña al interior, mira a su alrededor, está muy alerta y tensa, entra.

CORTE A

71. INT. ALMACEN - MOMENTOS DESPUÉS

En el interior del almacén, están Jhon, el Karl y todos los miembros de la Mafia, Matías y Carlos están al lado de Jhon.

Margaret entra, cuando pasa por la puerta mira la hora, y la posición de cada hombre, el mafioso que la acompañó al entrar, sale de nuevo cerrando la puerta.

El hombre que está cerca de ella al cachearla, le toca la vagina.

MAFIOSO
¿Esto qué es?

MARGARET
¿No sabes lo qué es? tengo la regla, ¿Quieres comprobarlo?

El mafioso le aprieta la vagina.

MAFIOSO
Está limpia.

CORTE A

72. EXT. ALMACEN - DÍA

Gran plano general que muestra el almacén desolado, solamente los vigilantes y coches aparcados, cada uno en un punto cardinal.

En la parte norte del almacén, a lo lejos se ve un granero abandonado, en las partes este y oeste lo que hay son unas arboledas también lejanas.

En la parte sur, se ve que en una carretera hay un camión que se ha roto y en ese momento se le acerca un vehículo.

CORTE A

73. EXT. ALMACEN - MOMENTOS DESPUÉS

En el camión está el chofer tratando de arreglar el camión, se le acercan dos hombres le hacen preguntas y empiezan a registrar el camión, lo abren completo y no encuentran nada sospechoso, uno de los hombres saca un móvil.

MAFIOSO
No hay nada sospechoso, todo está limpio.

CORTE A

74. EXT. ALMACEN - MOMENTOS DESPUÉS

El guardia que vigila la zona oeste del almacén está siendo observado por una mira de fusil de un policía que está subido a un árbol en la arboleda.

CORTE A

75. EXT. ALMACEN - MOMENTOS DESPUÉS

El guardia que está en la zona este, es observado por otro francotirador colocado en la otra arboleda.

CORTE A

76. EXT. ALMACEN - MOMENTOS DESPUÉS

El chofer del camión, se ha subido al techo del mismo y colocado detrás del rompevientos del camión, armado con un fusil con mira telescópica controla al guardia que está en la zona frontal del almacén.

CORTE A

77. EXT. ALMACEN - MOMENTOS DESPUÉS

En el edifico de la parte norte, hay un francotirador en la azotea que da el ok de su posición.

En segundo plano por detrás del francotirador aparece un coche de la policía a unos cien metros.

CORTE A

78. INT. ALMACEN - DÍA

En el interior del almacén, John habla con Margaret.

JHON
¿Dónde están los papeles?

Margaret saca del bolso que lleva una agenda bien encuadernada, se la da al mafioso que está cerca de ella y este se la da a Margaret.

JHON (CONT'D)
Dónde están las páginas que faltan.

MARGARET
A buen recaudo.

JOHN
¿Por que?

MARGARET
Es mi garantía para la vida de Matías.

JOHN
¿Y quién te lo garantiza?

MARGARET
Tu buen juicio, puede ser que el niño y yo no salgamos vivos, pero si eso ocurre, tu banda completa puede desaparecer, y eso te incluye. ¿Quién pierde más?

JOHN
Prefiero arriesgarme y apelar a tu inteligencia, no te voy a matar, pero te doy la oportunidad de irte y regresar con los papeles y el dinero que faltan, pero si quieres, sólo morirá el niño.

Margaret mira su reloj.

CORTE A

79. EXT. ALMACEN - MOMENTOS DESPUÉS

Detrás del edificio, el jefe de la brigada de asalto le habla a sus hombres.

JEFE DE LA BRIGADA
Todos listos, faltan 30 segundos.

CORTE A

80. EXT. ALMACEN - MOMENTOS DESPUÉS

El francotirador que está en el Este confirma.

FRACOTIRADOR 1
Listo.

CORTE A

81. EXT. ALMACEN - MOMENTOS DESPUÉS

El francotirador que esta en el Oeste confirma.

FRACOTIRADOR 2

Lo tengo.

CORTE A

82. EXT. ALMACEN - MOMENTOS DESPUÉS

El francotirador que está en el Sur confirma.

FRACOTIRADOR 3

Aquí ok.

CORTE A

83. EXT. ALMACEN - MOMENTOS DESPUÉS

El francotirador que está en el Norte confirma.

FRACOTIRADOR 4

Listo.

CORTE A

84. EXT. ALMACEN - MOMENTOS DESPUÉS

JEFE DE LA BRIGADA

Fuego.

CORTE A

85. EXT. ALMACEN - DÍA

Los cuatro francotiradores, disparan.

Caen los cuatro vigilantes al mismo tiempo con un tiro en la cabeza.

Desde detrás del edificio sale un helicóptero a toda velocidad hacia el almacén.

El jefe de la brigada en el interior de su coche.

JEFE DE LA BRIGADA

Vamos, vamos, lo más rápido y alto posible para que el ruido no nos delate para no dar tiempo a reaccionar.

CORTE A

86. INT. ALMACEN - MOMENTOS DESPUÉS

En el interior del almacén Margaret muy nerviosa busca la forma de ganar tiempo.

MARGARET
No creo que sea muy... bueno de tu parte, sé que vas a tratar de matarme, si salgo viva de aquí es... de casualidad, pero tú si tienes la posibilidad de salvar a toda tu gente.

JHON
No tengo ninguna garantía de lo que has hecho con esos papeles, si la policía ya tiene información o copia de ellos.

MARGARET
Tendrás que confiar, como tengo que hacerlo en tu supuesta verdad de no matarme, estás vivo y nadie de tu familia a sido tocado, qué más quieres.

Un mafioso que está dentro del almacén un poco más retirado le dice a otro.

MAFIOSO
Voy a comprobar a los hombres.

Sale.

CORTE A

87. EXT. ALMACEN - MOMENTOS DESPUÉS

El mafioso ha salido del almacén y no ve a los guardias, camina un poco y ve a uno muerto, en el momento que va a por el teléfono móvil, una bala en la cabeza lo mata.

El helicóptero está situado sobre el almacen a mucha altura, el ruido no es muy fuerte.

Los policías empiezan a bajar por el rapel situándose alrededor del almacen y algunos en el techo.

CORTE A

88. INT. ALMACEN - MOMENTOS DESPUÉS

Margaret en el interior del almacén, nota una sombra frente a una ventana, mira y ve uno de los policías que está en el techo al lado de la ventana haciéndole una señal.

CORTE A

89. INT. ALMACEN - MOMENTOS DESPUÉS

En el interior del almacén, Margaret frente a Jhon.

MARGARET
Acepto tu propuesta, pero te pido una cosa, permíteme despedirme del niño antes de irme.

JOHN
Sí.

Margaret camina hacia Matías.

MARGARET
No te preocupes, mamá va a regresar por ti.

Margaret lo abraza.

CORTE A

90. EXT. ALMACEN - MOMENTOS DESPUÉS

El jefe de la brigada ve el abrazo de Margaret a Matías.

JEFE DE LA BRIGADA
Ahora.

Comienzan a entrar por las ventanas y las puertas del almacén los policías.

JEFE DE LA BRIGADA (CONT'D)
Policía, cordón de seguridad alrededor de Margaret.

Margaret en ese momento, se tira con Matías al suelo, cubriéndolo con su cuerpo y con la otra mano empuja a Carlos al suelo, Carlos se coloca encima de los dos para protegerlos.

Los policías empiezan a disparar a todo el que está alrededor de Margaret

Los mafiosos empiezan a disparar corriendo hacía el interior del almacén.

Margaret ve como Karl está a punto de escaparse, se introduce la mano en la pelvis y saca un pequeño revolver, le habla a Carlos.

MARGARET
Cuida a Matías.

Margaret sale corriendo en persecución de Karl.

Carlos corre con Matías hacia un lado detrás de unos escombros.

Samantha mata de un disparo Jhon.

Karl escondido ve a Margaret, la sorprende y le tira el revolver de las manos de una patada, intenta disparar pero la pistola se le ha quedado sin balas.

El intenta cargar la pistola y Margaret le da una patada tumbándolo, ella le va para encima y comienzan a forcejear, están en una situación en la cual casi no pueden moverse, pero por la posición, Karl lleva un poco de ventaja.

MARGARET (CONT'D)
Aunque no me reconozcas, nos volvemos a ver.

KARL
Me alegro porque hoy saldaremos cuentas.

Margaret lo derriba, se ponen de pie.

Karl intenta golpearla pero ella esquiva el golpe y le da en el rostro, Karl intenta golpearla otra vez y ella vuelve a esquivar el golpe y golpearlo.

Carlos y Matías en su huida llegan a donde están Margaret y Karl y miran la pelea entre ambos.

Karl al ver que no puede con ella mira a su alrededor con disimulo y ve donde está su pistola y corre hacia ella.

Matías ve el revolver de su mamá y corre hacia él.

Karl coge su pistola y la carga para disparar.

Carlos corre hacia Karl gritando.

Matías le lanza a Margaret el revolver como en el juego de preparar la mesa para el desayuno.

Karl se gira para Carlos para dispararle por lo cerca que lo tiene.

Margaret dispara y mata a Karl e inmediatamente corren para abrazarse los tres.

CORTE A

91. EXT. ALMACEN - MOMENTOS DESPUÉS

Están los policías y ambulancias reconociendo el lugar.

Ha terminado la operación, en las afueras del almacén están llevándose a los heridos y recogiendo a los muertos.

Están Margaret y Matías al lado de una ambulancia, un enfermero termina de reconocer a Matías, se acerca Samantha.

MARGARET
Está todo bien.

SAMANTHA
Fue muy buena esa idea del revolver.

MARGARET
Armas de mujer.

SAMANTHA
Un coche los espera para llevarlos al hospital para ver a Alexander y Elena.

CORTE A

92. INT. HOSPITAL - DÍA

En la habitación del hospital entran Margaret y Matías.

Elena se incorpora muy contenta con lágrimas en los ojos al verlos y va hacia ellos y los abraza, se besan.

Alexander desde su cama, se incorpora, aguantando las lágrimas, los ojos totalmente vidriosos, se pone de pie apoyado en un bastón, le cuesta caminar, intenta ir hacia donde están Margaret, el niño y Elena, pero casi no puede por los dolores, intenta decir algo pero aguantar el dolor y las lágrimas no le permiten hablar.

Margaret va hacia él que suelta el bastón para estrecharla contra su pecho, la acaricia como un ciego desesperado que intenta reconocer algo, se le salen las lágrimas y rompe a llorar tratando de contener un llanto que le es imposible ocultar, la besa, le agarra la cara y la mira fijamente a los ojos.

ALEXANDER
Perdóname...

Alexander titubea mientras le acaricia la cara y examina con la mirada.

ALEXANDER (CONT'D)
Hay cosas que no tienen remedio, pero ya es tarde para remediar lo pasado, perdóname, perdóname.

Llora y baja la cabeza avergonzado.

Margaret le levanta la cabeza y sonríe también con lágrimas en los ojos en señal de aprobación, se abrazan.

MARGARET
Tengo que marcharme porque Carlos y yo necesitamos hablar... solos.

Todos en la habitación asienten, Margaret se va.

CORTE A

93. INT. HOSPITAL - MOMENTOS DESPUÉS

Margaret entra en una habitación donde Carlos le espera.

CARLOS
Dicen que en lugares como estos se curan las heridas.

MARGARET
Sí, aunque no todas.

CARLOS
Cerrarlas tampoco significa curar.

MARGARET
Sobre todo las que son de adentro hacia afuera.

Carlos le extiende el sobre que le había dado al amigo.

CARLOS
¿Sabes lo que es?

Margaret niega con la cabeza.

CARLOS (CONT'D)
Una prueba de paternidad de Matías.

MARGARET
No la necesitas.

CARLOS
Para ser el padre de Matías no, eso lo decidirá él.

MARGARET
Ni para nada más, hoy cierro todas mis heridas, no sé si podré cerrar todas las tuyas o abrir una nueva.

Carlos muestra el sobre sellado y lo rompe.

CARLOS
Lo sé.

MARGARET
(insegura)
Entonces ... para empezar mi hermana no existe... todo aquello del maltrato por ser gay, las vejaciones, las humillaciones sociales, el hijo a que su padre despreció... soy yo... fui yo quien ayudó en el parto de Matías... soy biológicamente... el padre de Matías...

Carlos se queda serio sin decir nada.

MARGARET (CONT'D)
... aunque ya tenía pensado operarme, lo hice al mismo tiempo del cambio de identidad que me proporcionó la policía y así poder comenzar una vida nueva, inventé lo del accidente para justificar todas mis cicatrices.

CARLOS
¿No crees que merecía un voto de confianza?

MARGARET
Sí, pero era yo quien no confiaba en el miedo que me impuso la vida, porque la memoria es el único testigo, abogado, fiscal y juez que no podemos engañar, que te tiene prisionero por mucho que huyas.

CARLOS
Ya la gente no lo oculta, yo hubiera luchado por ti como lo hiciste por mí.

MARGARET
Es duro luchar contra el miedo por los prejuicios de millones de personas, acosándote, soy de Chechenia, decir que allí por ser homosexual te maltratan es un cumplido... cuando conocí la felicidad contigo, tenía miedo de hacer algo que lo echara a perder, era la forma que veía que te hacía feliz, que nos hacíamos felices...

CARLOS
Crees qué lo mejor fue construir una relación en base a la mentira.

MARGARET
¿Qué es mentira?, no hablarte de alguien que no conoces, empezar a construir una vida a partir de un nuevo punto, qué es mentira, no vivir en el pasado ni con el pasado.

CARLOS
Qué, deseas liarme como siempre.

MARGARET
No, sé que te liaba porque te dejabas y gustaba ese juego y a mí también, casi te pierdo para darme cuenta de mi error.

Carlos sonríe.

CARLOS
Sé que no todos tenemos el valor para las mismas cosas, reconozco que el hombre que soy, es gracias a ti, de no haberte conocido sería... otra cosa, pero esto es muy serio para ocultarlo.

MARGARET
Como se lo oculté a Alexander y Elena.

CARLOS
Son tus padres.

MARGARET
A pesar de que nunca les dije nada y traté que no se dieran cuenta, lo saben, no sé cómo, pero siempre respetaron mi secreto.

CARLOS
¿Y Matías?, ¿lo sabrá?

MARGARET
Algún día, si hace falta, se lo digo, esto es algo que para asimilarlo hay que estar preparado, sea lo que sea, no tendría mejor padre que tú, hace mucho que no temo a nada, ni a la muerte sólo a... perder Matías y a ti... hablar mucho sería justificarme, no sé si vale, eres quien conoce la realidad de lo que hemos vivido.

CARLOS
Me voy, espero que lo pienses bien y no olvides las consecuencias de esto para nosotros.

MARGARET
Te vas sin más, no tienes nada más que decir.

CARLOS
Llevas años ocultando tus secreto y quieres que te responda ya, por favor.

Margaret asiente intentando aguantar el llanto y dolida por lo que acaba de escuchar.

Carlos se marcha.

Margaret cierra la puerta en el mismo plano de la escena 1.

Margaret en la posición que quedó cuando comenzó a recordar, se deja caer en la cama derrotada, suelta la bocanada de humo y apaga la luz, quedando todo a oscuras, se escucha el sonido de la puerta que se abre y se enciende la luz.

MATÍAS (O.S.)
Mamá.

Carlos enciende la luz.

Matías corre hacia ella y la abraza, Carlos entra al cuadro y los abraza y besa a los dos.

CARLOS
¿Pensaste que me había olvidado de ir a buscar al niño?... Ya sabes que no sé hacer bromas, dijiste que sería el mejor padre del mundo y no quiero perderme eso con la mejor madre del mundo .

MATÍAS
¿Por qué lloras otra vez?

MARGARET
De felicidad, de felicidad

CORTE A

94. FIN

95.

www.ingramcontent.com/pod-product-compliance
Lightning Source LLC
LaVergne TN
LVHW050559160826
845677LV00011B/2374

* 9 7 9 8 8 4 4 0 0 5 4 9 7 *